集英社オレンジ文庫

あやかし華族の妖狐令嬢、陰陽師と政略結婚する

江本マシメサ

あやかし華族の妖狐令嬢、陰陽師と政略結婚する

目次

あやかし華族の妖狐令嬢、陰陽師と政略結婚する

第一章　妖狐令嬢は陰陽師と政略結婚する

カコン、と鹿威《ししおど》しが鳴る音が響いた。幼少期から聞き慣れた音は、心を落ち着かせてくれる。

長い長い廊下《ろうか》を、複雑な心境で歩いていた。

遡《さかのぼ》ること十日前、三つ年下の腹違いの妹である朝子《あさこ》が、突然、私に命じてきた。

——瀬那《せな》、よく聞きなさい。わたくし、祁答院《けどういん》家のご当主、伊月《いつき》様とお見合いをすることになったの。当日、あなたが茶くみ係を務めなさい。

正妻の娘である朝子は妾《めかけ》の娘である私をことあるごとに敵視し、自分のほうが優れていると主張してきた。

茶くみ係を命じたのは、二十歳《はたち》を過ぎても結婚相手が見つからない私との格差を見せつけたかったらしい。朝子が私と比べたがるのはいつものことで、慣れっこである。

彼女が嫁《とつ》いでしまったら、屋敷に平和が訪れそうだとだけ思っていた。

けれども当日を迎えると、心がそわそわと落ち着かない。他の使用人たちの緊張がうつってしまったのだろうか。

朝子のお見合い相手が高い身分のお方だというのもある。粗相《そそう》をしたら、父になんと言われるのか……。憂鬱《ゆううつ》でしかない。

襖《ふすま》の前で正座し、茶が載った盆を畳《たたみ》に置いてから開ける。父と朝子が正座して並び、対面する位置に仲人《なこうど》とお見合い相手が座っていた。

薄紅《うすべに》色の訪問着を纏《まと》う朝子はこちらを向いて、勝ち誇ったような微笑《ほほえ》みを浮かべる。よかったね、おめでとうという視線を送る。いちいち挑発に乗っていたら、疲れてしまうのだ。

悔《くや》しがる様子が見れなかったからか、朝子は不満げである。彼女の思い通りになるわけがなかった。

朝子の前に座る男性《ひと》は、とても美しい。

朝子が勝利に酔いしれるのも無理はないのだろう。

結婚を申し込んできたのは、歴史ある公爵家のご当主である。本来ならば、知り合いにすらなれるはずがない、雲の上にいるようなお方だ。

父をはじめとする蓮水《はすみ》家の者たちは、子爵を名乗ることを許された華族の端くれである。

しかしながら、その爵位はお金で買った上に、華族としての歴史は浅い。

そのため、今回の縁談は蓮水家の名を揚《あ》げるまたとない機会だったのだ。

朝子に婚姻を申し込んだ男性は祁答院伊月という、帝都でも御上《おかみ》の信任が厚く歴史ある名家の当主である。

ピンと背筋を伸ばして座る姿に、褐色《かちいろ》の色紋付き羽織袴《はおりはかま》姿がよく似合う。

歳《とし》は二十二歳と噂《うわさ》で耳にした。

黒橡《くろつるばみ》色に似た長い髪は、水引《みずひき》のような紐で縛《しば》られている。

涼しげな目元に、スッと通った美しい鼻筋、キリリと結ばれた口元と、完璧《かんぺき》な美貌《びぼう》の持ち主である。

どこかで見た覚えがある。もちろん、彼を目にするのは初めてだ。

古風な雰囲気《ふんいき》なので、平安時代の絵巻物か何かと思っていたが、床《とこ》の間《ま》に飾られた桃の花を見て即座にピンとくる。

彼はひな人形の、お内裏様《だいりさま》にそっくりなのだ。

七段からなる朝子のひな人形は、三段目の五人囃子《ごにんばやし》で終わらず、その下の段には右大臣《うだいじん》、左大臣《さだいじん》が並んだ随臣《ずいじん》、さらにその下には仕丁《しちょう》と呼ばれる奉仕をする庶民《しょみん》、最後の段には嫁入道具揃《よめいりどうぐぞろい》が並んでいる。

見合いの話が飛び込んできたので、ひな人形を飾るのは今年で最後だろうと、女中たちと話していた。

毎年話していることなのだが、お内裏様が見目麗《みめうるわ》しいと評判だったのだ。今年も、女中たちはため息を零《こぼ》しながら、ひな人形を飾っていた。

まさか朝子と結婚する男性が、ここまであのお内裏様と似ているなんて。

茶くみ係の仕事を終え、出ていこうとした瞬間、まさかの展開となる。

祁答院家のご当主様が朝子を扇子《せんす》で示しながら、とんでもないことを言ったのだ。

「私が縁談を望むのは、そこに座る小娘ではない」

途端に、朝子は顔色を青くさせる。父は顔を引きつらせていた。

父は立ち上がり、必死の形相《ぎょうそう》で訴える。

「祁答院様はおっしゃいましたよね？　料亭で若女将《わかおかみ》を務めていた私の娘を、妻に望みたいと」

「そうだが、絶対にその娘ではない」

きっぱり言い切った瞬間、祁答院伊月は私のほうを見る。恐れ多くて目を合わせることができず、サッと視線を逸《そ》らした。

「私が妻にと望むのは、その女性《ひと》だ」

私が、祁答院家ご当主様の妻に⁉

なぜ、どうして、このような状況になったのか。わからない。

混乱状態の中、朝子と父は親の敵《かたき》を見るような目で、こちらを見つめている。

私が何をしたというのか。睨《にら》むならば、問題発言をした祁答院家のご当主様に向けてほしかったのだが……。

祁答院家のご当主様は「また来る」と言って立ち上がる。

すれ違いざま、私を一瞥《いちべつ》した。目と目が交わった瞬間、胸がドキンと高鳴る。それはときめきの類《たぐい》ではなく、蛇に睨まれた蛙《かえる》の気分と言えばいいのか。

祁答院家のご当主様は、仲人である九条《くじょう》さんを置いてすたこらさっさと帰ってしまった。

九条さんは後頭部をポリポリと掻《か》きながら、困り果てたような表情で微笑む。

彼は父の友人のひとりで、年頃は四十代半ばくらいか。常にハの字に下がった眉《まゆ》と、丸《まる》眼鏡《めがね》から人のよさを感じ取れる。

そんな九条さんは御上の側近のひとりであり、その関係で祁答院家のご当主様と知り合いになったようだ。

結婚話を持ちかけようとしたとき、祁答院家のご当主様は「妻にするならば、料亭〝花《はな》むしろ〟の若女将がいい」と言ったらしい。

〝花むしろ〟というのは私たち蓮水家が経営する、歴史ある料亭である。父は経営のみで、店と直接の関わりはない。代わりに、朝子が若女将として店の顔として立つ役割を命じられていたのだが――。

「おい、九条！　どういうことなんだ！」

「いや、祁答院さんからお聞きしたことを、そのまま伝えただけですよ！」

「ならばなぜ、祁答院殿は朝子ではなく、妾腹《しょうふく》の瀬那を妻にと望んだのだ⁉」

「さ、さあ？」

一度話を聞いてくる。九条さんはそう言って、立ち上がる。出ていく前に、父に一通の手紙を差し出した。

「あ、これ、祁答院さんからお預かりしてきた、家業について詳しく書かれたものです」

かつての祁答院家は武家で、特別に華族に選ばれた類稀《たぐいまれ》なる一族である。普段は御上にお仕えしているようだが、仕事について詳しく教えてくれるようだ。

「というわけで、ではまた……」

襖がぱたんと閉ざされ、足音が遠ざかっていく。

シーンと静まり返ったのは一瞬だった。

朝子が立ち上がり、ツカツカと接近してくると、私の前で手を振りかざす。そして、頰《ほお》を激しくぶった。

バチンと高い音が鳴り、チリッと灼《や》けるような痛みが頰に襲いかかる。咄嗟《とっさ》に叩き返しそうになったものの、拳をぐっと握った。

暴力に対し暴力で報復したら、さらなる暴力を生む。そう思って我慢したのだ。

代わりに、反抗的な目で朝子を見つめる。

「瀬那のくせに、生意気な目で見ないでちょうだい！」

「あなたがぶったから、抗議の意味で見たのよ」

「抗議って、何様のつもり？　伊月様に色目を使ったくせに!!」

「朝子、あなたは何を言っているの？　色目なんて一度も使っていないわ」

祁答院家のご当主様が私を妻に望むだなんて、何かの間違いだろう。もっとしっかり、調査してほしい。そう訴えようとしたが、手紙を読む父の顔面は蒼白で、手がガタガタと震えていた。

「お父様、どうしたの？」

自信家で偉そうな父が、ここまで追い詰められたような表情を浮かべるのは珍しい。

心配し、覗《のぞ》き込んだ瞬間、父はとんでもないことを口にした。

「祁答院家に嫁ぐのは、瀬那、お前だ」

「え？」

「お父様、なぜ、わたくしではなく瀬那が!?」

父は交互に私たちを見てから、その理由を語る。

「祁答院家の者たちは、陰陽師《おんみようじ》なのだ」

ゾッと血の気が引いた。

朝子は悲鳴を上げ、その場に倒れる。私はただただ、その場に立ち尽くすしかなかった。

陰陽師――それは私たち蓮水家にとって、天敵である。

なぜならば、蓮水家の者たちは全員、あやかし〝妖狐《ようこ》〟だから。

◇◇◇

今から千年以上も前――あやかしたちがはびこり、襲われた人たちの亡骸《なきがら》が道ばたに転がっているのも珍しくないという、秩序《ちつじよ》が存在しない時代があった。

あやかしは人々の血肉を好み、夜の闇に紛《まぎ》れて暗躍していたのである。

そんなあやかしを退治するように、と御上が命じたのが陰陽師だった。

彼らは天変地異《てんぺんちい》や天候を占う者たちだったようだが、呪いの力であやかしたちを倒すよう夜の街へと派遣されたのだ。

陰陽師が派遣されるようになってから、あやかしたちにかつての勢いはなくなった。

女を攫《さら》い金銀財宝を我が物とした鬼の頭領も、御上に取り入り悪事を働いていた化け狐も、悪さを働く天狗《てんぐ》も、次々と陰陽師らを前に敗れていった。

そんな中で、化けに特化した妖狐は、人の世に紛れて長生きするという道を選んだ。

料理の技術を身に付け、小さな食堂を開き、人々の心を摑《つか》む。

そのうち、妖狐は気づいた。人間共は食事の場を、話し合いや陰謀《いんぼう》、見合いなどを行う場として重きを置いている。

その場を支配すれば、妖狐の立場も確固たるものとなるだろう。そんな思想のもと、何百年と人の世に紛れこみ、権力者に取り入って、生き延びてきた。

このような状況の中、あやかしたちに朗報が届く。

それは、あやかし退治を行う機関〝陰陽寮《おんみょうりょう》〟が廃止となったのだ。

なんでもあやかしらをすべて陰陽師が殲滅《せんめつ》したので、必要ないだろうと判断したらしい。

あやかしは陰陽師を恐れて隠れていたり、逃げていたり、蓮水家のように人の世に紛れていただけなのだが……。

その後、蓮水家は料亭〝花むしろ〟で成功を収め、老舗《しにせ》と呼ばれる名店にまで成長した。〝花むしろ〟には帝国の要人が客として来店し、夜な夜《よ》な《よ》提供される美食に酔いしれている。蓮水家は完全に人の世に溶け込んでいたのだ。

そんな状況の中で、祁答院家のご当主様が蓮水家の娘を妻にと望んできた。名家との繋《つな》がりを父は喜んでいたものの、祁答院家のご当主様は陰陽師だった。

陰陽寮は廃止となったものの、陰陽師たちがいなくなったわけではない。有事に備え、御上は御側《おそば》付きとして置いていたのだろう。

この縁談は危険だ。父に進言する。

「お父様、祁答院家との縁を作るのは危険です」

陰陽師と繋がりを持つことなど、自殺行為でしかない。しかしながら、父は私の訴えに頷《うなず》かなかった。

「この縁談は、破談にすべきかと」

「いいや、それはできない」

「なぜですか？」

父は信じがたいことを口にする。

「この縁談がまとまったら、蓮水家の料理人が御上に料理を提供する料理番として指名されるのだ。またとない機会を、逃すわけにはいかない！」

父の発言に心底呆《あき》れてしまう。

どうやらこの結婚には、政治的な目論見《もくろみ》があったようだ。

蓮水家は長年、跡取りとなる子が生まれなかった。十年経ったのを境に、周囲の勧めで父は母を迎える。俗《ぞく》にいう妾《めかけ》というやつだ。

翌年に私が生まれたが望んでいた男児でなかったため、父の落胆《らくたん》は大きかったらしい。

さらに、母は私の乳離《ちばな》れも待たずに若い男と失踪《しっそう》してしまう。

私は非嫡出子《ひちゃくしゅっし》であったものの、蓮水家の体面上これ以上妾を迎えるわけにはいかないので、さまざまな教育を受けることとなった。

作法《さほう》や礼儀《れいぎ》、経営学や数学、医学、歴史に絵画、舞踊に料理、茶道、華道、それから化けの訓練と、十年以上先まで計画が立てられていたらしい。

妖狐である蓮水家の子どもは、人間の姿に耳や尻尾《しっぽ》が生えるという、中途半端な姿で生まれてくる。完全な人間の姿に化けるのはもちろんのこと、さまざまなものに化けられるよう、特別な訓練を受けるようだ。

三歳となり、言葉遣いが流暢《りゅうちょう》になりつつあったので、そろそろ教育を。そんな声が上がるような時期に、思いも寄らぬ事態となる。

正妻の子、朝子が生まれたのだ。私のために用意された教材は、すべて朝子へ使うように決まっていった。

ただ、朝子が生まれても、暮らしに大きな変化はなかった。

乳母に育てられた私はすくすく成長し、何不自由なく生活していく。

妾の子であるものの、新築の広い離れに何人も女中がいて、着るものも食べる物も十分過ぎるほど与えられていた。父は性格がいいとは言えないが、私に対して酷《ひど》い生活を強《し》いることはなかった。

周囲の者も私を「瀬那お嬢様」と呼び、大切にしてくれた。ただ、正妻の子である朝子が成長するにつれて、次第に態度は変わっていく。

幼心《おさなごころ》ながら、私は蓮水家の本当の子ではないと気づきつつあったのだ。

なんとか自分の居場所を確保しようと、蓮水家が経営する料亭〝花むしろ〟で働くようになったのは六歳の春からだったか。

まずは厨房《ちゆうぼう》で、野菜の皮剝《かわむ》きや皿洗いをするところから始めた。

そこから仲居の手伝いをしたり、厨房の調理補助をしたり、庭の植物の手入れをしたり。

好奇心旺盛《おうせい》な性格だったので、目につく仕事はなんでもしたがった。

特に料理をするのが楽しくて、厨房に入り浸っていたらしい。

料理長に気に入られ、正式に弟子入りしたのは九歳になった冬の話であった。

みるみるうちに料亭〝花むしろ〟の味を習得する中で、二つ年下の妹朝子に無理矢理呼び出される。

ことあるごとに私を馬鹿にし、妾の娘だと蔑《さげす》んでいた彼女は、信じがたい命令を下した。

自分の代わりに、勉強しろと言うのだ。

私がいくら望んでも、受けられない教育を朝子は自ら放棄しようとしていた。

必死になって将来のために必要な学問だからと説《と》き伏せるも、聞く耳など持たない。それよりも、他の華族の子どもと遊びたいと言う。

できない、無理だと拒絶したら、朝子は「私に暴力を振るわれ、押し倒されてしまった」と父と正妻に虚偽の被害を訴えた。

結果、朝子はどこにもケガをしていないのに、私は暗くて寒い地下部屋に食事を抜かれた状態で閉じ込められてしまう。

彼女の命令を聞かなかったら、酷い目に遭《あ》うのだ。

その日以降、私は朝子の代わりに教育を受けることとなる。

朝子とは三歳差で腹違いの姉妹であったが、発育がいい彼女と発育が悪い私の背丈は同じくらいだった。それに、顔も双子のようにそっくりだったのだ。

朝子の命令を聞いた女中に着物を着せてもらい、髪を同じように結い上げたら、驚くほど似ていた。

そのため私が朝子の代わりに教育を受けても、教師は誰も気づかなかったのだ。

時折、朝子に「こんなことは止めたほうがいい」と言っても、聞く耳はまったく持たない。朝子は父から与えられた小遣いで遊びほうけていた。

一方で、私の暮らしはごくごく単調なものであった。朝から勉強をし、昼からは料亭〝花むしろ〟の手伝いをする。そんな生活を、十五の夏まで続けていた。

予定されていた教育課程は修了し、これから一日中、料亭〝花むしろ〟で働こうかと考えているときに、変化が起こった。朝子の母である正妻が亡くなってしまったのだ。

父が朝子に若女将《わかおかみ》として、料亭〝花むしろ〟で働くようにと命じる。その言葉に、朝子は反発した。なぜ、女中のようにあくせく働かないといけないのかと。

朝子の母は女将として立派に働いていた。父がそう訴えても、なかなか頷かない。

それどころか、女将の仕事なんて私にやらせたらいいのではないかと提案する。その意見に、父は激昂《げっこう》した。

教育を受けていない者に、女将なんか務まるわけがないと叫ぶ。

事の重大さに気づいていない朝子は、ポカンとした表情で父を見上げる。

つべこべ言わずに務めるのだと言い、呆れた様子で父は去っていった。

朝子はにっこり微笑《ほほえ》みながら、私に「女将の仕事、よろしく頼むわ」と命令する。

何もかも、予想通りだった。

成長した私たちは、依然として双子のようにそっくりだった。そのため、朝子の振りをして料亭〝花むしろ〟に若女将として立っても、近しい者たち以外は気づかなかったのだ。

朝子は一度たりとも、若女将としてお客さんの前に出ることはない。

つまり、祁答院家のご当主様が見初《みそ》めたという、料亭〝花むしろ〟の若女将は間違いなく私だというわけだ。

それよりも、妖狐が陰陽師に嫁《とつ》ぐことなど前代未聞だ。父は動転して、勢いのままに嫁ぐようにと命令した可能性もある。

少し頭を冷やしてもらい、もう一度話をしなくてはならないだろう。


今日は一日休んでいいと父から言われていたが、なんだか心が落ち着かない。

蓮水家から歩いて十分ほどの距離にある、料亭〝花むしろ〟へ足を伸ばす。

帝都を横断するように流れる川は、太陽の光を受けてキラキラ輝く。水面《みなも》を跳ねる魚は、石斑魚《うぐい》か。繁殖期《はんしょくき》である春を迎えると、帯のような橙《だいだい》色と黒の線が浮かび上がる。それは婚姻色《こんいんしょく》だと、料理長が教えてくれた。

婚姻と聞いて、先ほどの見合いを思い出してしまう。祁答院家のご当主様と結婚するなんて、ただでさえありえない。さらに、陰陽師の家系ともなれば、常に命の危機にさらされる。

妖狐は変化を得意とし、何百年と陰陽師の目を欺《あざむ》いてきた。けれども、夫婦として共に生活をしていたら、いつかボロが出るだろう。他にも、根本的な問題がある。その辺を、父はどう考えているのか。

栄誉に惑わされず、一族を守ることが当主の務めだというのに……。

ずらりと植えられた桜の木も、蕾《つぼみ》がふっくらと膨《ふく》らんでいた。もうすぐ本格的な春が訪れるのだろう。いつもはわくわくするのに、今は酷く憂鬱《ゆううつ》だった。

数寄屋《すきや》造りの古風な佇《たたず》まいの〝花むしろ〟は、創業三百年という帝都でも指折りの老舗《しにせ》と名高い料亭だ。

昼の営業はすでに終わっているので、のれんも下げられている。

裏口に回り込み、そのまま厨房へと向かった。井戸で手を洗い、中へと入る。

今の時間は昼休憩なので誰もいないと思いきや、小さな人影があった。

「あれ、瀬那姉ちゃん、どうしたの？」

調理白衣姿をした、十歳にも満たない少年は、従弟《いとこ》の奏太《そうた》。叔母《おば》――父の妹の息子で、父が跡取りとして引き取り、大事に育てている最中である。

彼も私同様、よちよち歩きの頃から〝花むしろ〟の厨房に入り浸り、料理を覚えていた。

「何をしているの？」

「だしを取っているんだ」

奏太は最近、料理長からだしの作り方を学んだらしい。けれども上手《うま》くいかないようで、休憩時間に試作を繰り返しているようだ。

「一番だし、なんだか味にえぐみがあって……。瀬那姉ちゃんも飲んでみて」

「ええ」

たしかに、苦みとえぐみを感じる。

「あく取りはしてる？」

「してる！」

「昆布《こんぶ》を煮ているときに、ぶくぶく沸騰《ふっとう》させていない？」

「ん？　料理長は沸騰させるって言ってたんだけれど」

「昆布が入っているときにぶくぶく泡立《あわだ》つくらい沸騰させるのは、やりすぎなのよ。小さな泡がふつふつ出るくらいの温度を保つの。ぶくぶく沸騰させるのは、昆布を抜いたあと」

　ここでしっかり沸騰させておくと、昆布独特の臭《くさ》みを感じなくなる。

「料理長、言葉数が少なくって、基本的に見て覚えろ！　って感じだから」

「そうね」

　怖いと言うがそれは見た目だけで、とても優しい人だ。わからないところがあったら、どんどん聞いてほしい。

「それはそうと、朝子のお見合い、どうだったの？」

「奏太、朝子お姉さんでしょう？　呼び捨てにしないの」

「だって、あいつ、俺にいじわるばかりしてくれたし」

　私同様、突然本家に引き取られた奏太に対し、朝子はいじわるな態度で接していた。ただ、奏太はすぐに「うるせー！」と言い返すという、私とは違う強《したた》かさを見せていた。

「っていうか、瀬那姉ちゃんに女将をやらせていたことも、いい加減言いたいんだけれど！」

「奏太、それはもうバレたの」

「どうして？　あんなに朝子も瀬那姉ちゃんも、必死の形相《ぎょうそう》で口止めしていたじゃん」

「それは——」

今日まで私が朝子の代理で女将をやっていたことを黙っていた奏太である。口が堅いのは確かなので、先ほどあった見合いについて話した。

「これ、内緒だからね」

「う、うん」

厨房の端にしゃがみこみ、内緒話をするように声を潜める。

「祁答院家のご当主様と朝子の縁談って聞いていたと思うけれど」

「ああ。なんでも、朝子を見初めたんだろう？」

祁答院家からの縁談がくるやいなや、朝子は周囲に自慢して回っていたらしい。奏太にまで話が伝わっていたようだ。

「実は、祁答院家のご当主様が妻にと望んだのは、私だったの」

「はあ!?　瀬那姉ちゃんが、祁答院家のご当主様に見初められたって!?」

「奏太、声が大きい」

「あ、ごめん」

なんでも父は朝子を祁答院家に嫁がせ、私を臨時の女将として使うつもりだったらしい。そんな話を、周囲に触れ回っていたようだ。

「臨時の女将って、お父様、酷《ひど》いわ」

「だよなー。瀬那姉ちゃんがずーっと女将を務めていたのに」

「でも、どうして臨時の女将なの？」

奏太がぐっと接近し、ヒソヒソと耳打ちする。

「え、お父様が再婚!?」

「瀬那姉ちゃん、声でかい」

「ご、ごめんなさい」

まさか父にまで縁談が飛び込んできたなんて……。

父の再婚相手に女将をさせようと画策していたとは、まったく想像もしていなかった。

「再婚相手との間に子どもができたら、俺は邪魔者扱いされるんだろうなー」

「それは……」

ありえる、という言葉を寸前で呑《の》み込んだ。代わりに、奏太をぎゅっと抱きしめる。

「俺、瀬那姉ちゃんと〝花むしろ〟のみんなは大好きなんだけれど、ご当主様と朝子は嫌いだな」

「私も」

素直な気持ちを口にすると、奏太はぷっと噴き出す。わははとお腹を抱えて笑い始めた。

「俺、瀬那姉ちゃんと一緒に、祁答院家のお屋敷でご厄介《やっかい》になりたい」

「それはダメよ！」

「どうして？」

ついつい強く否定してしまったが、祁答院家が陰陽師の家系だなんて言えるわけがなかった。

「どうして？」

「祁答院家の人たちは、お父様よりも厳しいって話だから」

「だったら、余計に瀬那姉ちゃんを守るために、一緒にいないと」

「大丈夫よ。私は強いから」

「強い？　朝子に毎日いじわるされているのに？」

「それでも、一度だってへこたれていないわ」

「たしかに。そりゃ最強だ！」

「でしょう？」

何も心配はいらない。言い聞かせるように奏太の頭を撫《な》でた。


結局、夜まで厨房《ちゅうぼう》で仕込みを手伝った。鯛《たい》が大量に運びこまれたので、奏太と一緒にさばいていく。

鰹《かつお》と昆布のだしで炊《た》いた鯛めしが、料理長の手によって作られる。お手伝いのご褒美《ほうび》として、奏太とふたりで味見させてもらった。

だしと鯛の旨《うま》みがご飯にしっかり染みこんでいて、とってもおいしかった。

これだから、厨房の手伝いは止められないのである。

夕方になり、本家の母屋《おもや》へ戻った。父もそろそろ、頭が冷えていることだろう。

書斎にこもっているということで、そのまままっすぐ向かった。

襖《ふすま》の前で、声をかける。

「お父様、少しよろしいでしょうか？」

「朝子か？」

「いいえ、瀬那です」

父は私と朝子の声の違いすらわからないようだ。ため息をつきつつ、襖を開く。

部屋は真っ暗で、父自慢の電灯は灯されていない。

わざわざ異国から取り寄せた電灯を父はたいそう気に入っており、昼間でも点《つ》けていたのに。暗い部屋で、考え事でもしていたのか。

手燭《てしょく》で部屋を照らしつつ、電灯のつまみを捻《ひね》った。ジジと音を鳴らし、部屋がぼんやりと明るくなっていく。

「瀬那、なんの用事だ？」

「祁答院家との縁談についてです」

正座し、こちらを振り向きもしない父に語りかける。

「お考えを今一度、聞かせていただきたいと思いまして」

「考えだ？　言っておくが、変わっていない。祁答院家との縁談を受ける」

「なっ――！」

信じがたいが、父の考えはまったく変わっていなかった。

しかも祁答院家のご当主様が望んだほう、つまり私を嫁《とつ》がせるという。

「お父様、祁答院家は陰陽師の家系です。そこと縁を繋《つな》ぐことの危うさを、よくよく考えてくださいませ！」

これは、嫁いでいく私だけの問題ではない。

仮に私が妖狐だと露見したとする。退治されたあと、それで終わりではないだろう。

生家である蓮水家も、妖狐の一族なのではないかと疑われるに違いない。

さらに大きな問題がある。それは、子どもについて。

「我々は人との間に子どもができません。その辺の問題を、どうお考えなのでしょうか？」

妖狐は妖狐の一族としか子を生《な》せない。

人に化けただけの一族なので、無理はないだろう。

その昔、人と妖狐が愛を育《はぐく》み、子が産まれた、なんて伝承もある。

成長した子どもは、歴史に名を残す最強の陰陽師となった。

さらに遡《さかのぼ》り、妖狐の始祖《しそ》たる九尾《きゅうび》の狐は、人間の娘を娶《めと》った結果、どのあやかしよりも人間に上手《うま》く化けられる能力を得たという話も耳にした覚えがある。

もとを辿《たど》れば、妖狐は人と関わり深いあやかしなのだ。

ただそれはどれも伝承で、実際に妖狐と人の間に子が生された、という話は聞いたことがなかった。

「子を産まないほうが、都合がいい」

「それは、なぜ？」

「子どもができなければ妾《めかけ》を迎えるだろうから、お前への関心も薄くなる」

「それは、そうかもしれませんが……」

父は正妻の妊娠《にんしん》を十年待ったらしいが、祁答院家は帝国内でも有数の名家だ。祁答院家のご当主様が娶った妻に見切りを付けるのは、もっと早いだろうと予測しているらしい。

「おそらく、三年ほど経ったら、お役御免《やくごめん》となるだろう」

「それまで耐えろというのですか？」

「そうだ」

蓮水家の運命を、私ひとりが背負うこととなるのだ。なんて酷い仕打ちを命令するのか。

「私には、そのような大役、とても無理です」

「もう決まったことだ。結納金《ゆいのうきん》も、受け取っている」

「は!?」

まだ顔合わせしかしていないのに、すでに結納金を受け取っていたなんて……！

そういえば、料亭の修繕《しゅうぜん》工事をすると話していた。守銭奴《しゅせんど》の父が珍しいと思っていたが、結納金を使うつもりなのだろう。

「お前がなんのために、育てられたのかわかっていないようだな」

「いいえ。嫁ぎ先が普通の家ならば、どんなお相手でも嫁ぐつもりでした」

父より年上の男だろうが、名ばかりの貧乏華族だろうが、黙って嫁ぐ覚悟はできていた。

けれども、命の危機と蓮水家の命運を背負って陰陽師の家に嫁ぐことなど、想像もしていなかったのだ。

「ならば、身代わりでも立てるか？」

「どういうことですか？」

「そうだな。奏太がいいか。あれは、化けの才能は他の者より優れている。お前に化けさせて、祁答院家に嫁がせればいい」

「馬鹿な!!」

父を前に、遠慮《えんりょ》なく馬鹿だと叫んでしまった。

幼い奏太に身代わりをさせるなんて、外道《げどう》としか言いようがない。

「なんて酷いことをおっしゃるのです！」

「お前が拒絶するから、仕方がないだろうが！」

「――っ!!」

ずっと父を、いい人ではないが悪い人ではないと思っていた。その考えを、今改める。

極悪非道で血も涙もない男なのだ。

「朝子から聞いたぞ。大金をはたいた教育のほとんどを、お前が受けていたとな」

「それは――」

「言い訳は聞かんぞ！」

その件に関しては、ぐうの音《ね》も出ない。

朝子に強制されていたとはいえ、私は知識や技術を身に付けてしまった。

時間は巻き戻せないし、朝子へ返せるものでもない。

「女将《おかみ》としての評判も悪くなかった。お前は、どこに出しても恥ずかしくない娘となっているだろう」

褒《ほ》め言葉のつもりかもしれないが、まったく嬉しくなかった。いや、嫌みの可能性もあるかもしれないが。

こうなったら、腹を括《くく》るしかないのだろう。半分くらいは「もうどうにでもなれ」という気分だった。

「わかりました。お父様の命じる通り、祁答院家へ嫁ぎます」

私の覚悟を聞いた父は、満足げに頷《うなず》いていた。

◇◇◇

縁談についての話はとんとん拍子に進んでいった。

私の部屋には花嫁衣装である白無垢《しろむく》が運びこまれ、あまり広くない寝室を占領している。

白無垢は朝子のために作られた一着だろうが、背丈や体つきはほぼ同じなので問題なく着こなせる。

白無垢も生地から選んで丁寧《ていねい》に仕上げた一着だろうに、まさか私が着ることになるとは想像もしていなかった。

父は変なところで見栄っ張りなので、その辺で適当に買った既製服で済まそうとは考えていなかったのだろう。

きっと、朝子の新しい白無垢はすぐに仕立てられているに違いない。

花嫁道具も、着々と祁答院家の者たちが引き取りにきている。通常、花嫁の家側が運ぶものだが、他人を敷地内に入れたくないらしい。父は輸送費が浮いたと、喜んでいた。

挙式は料亭〝花むしろ〟の大広間を貸し切って行うという。こちらも、普通ならば新郎宅で行うものだ。

だが、関係者以外入れるわけにはいかないというので、新婦側で執《と》り行うこととなったらしい。費用はすべて祁答院家が負担してくれたようで、父は上機嫌だった。

それからというもの、何度も祁答院家の秘書らしき初老の男性がやってきて、父と打ち合わせをしていたようだ。ご当主様本人は多忙とのことで、次に会うのは結婚式当日だという。

奏太は会いに来ないなんておかしい！　と憤《いきどお》っていたようだが、政略結婚なんてどこもこんなものだろう。私は別に気にしていなかった。

今日も今日とて、暇さえあれば厨房《ちゆうぼう》に立つ。新鮮なエンドウ豆が入ったので、料理長が翡翠煮《ひすいに》を作ると張り切っていた。

翡翠煮というのは、煮たエンドウ豆をだし汁に漬けたもの。透明なだし汁に、つやつやのエンドウ豆が浮かんだ様子が、翡翠のように美しいひと品である。上品な見た目とあいまって、常連客からも人気が高いひと品だ。

私は山のように積まれたエンドウ豆を、さやから出すという地味な作業を行う。

ぷち、ぷちと丁寧に出していると、奏太がやってきた。

「瀬那姉ちゃん、祁答院家の奴、やってきた？」

「呼び方、気をつけて！　祁答院家のご当主様、でしょう？」

「祁答院家のゴトウシュサマ！」

「言い方がぎこちないわね」

反抗期なのだろうか。最近は物言いが特に生意気だ。言葉遣いはたびたび注意しているものの、いっこうに直らない。家庭教師に、もっとしっかり指導するように頼んだほうがいいものか。

「ゴトウシュサマにいじわるされたら、いつでもデモドリしてもいいからな」

「あなた、そんな言葉、どこで覚えてきたのよ……」

どうせ、朝子の取り巻きの女中たちが吹き込んだのだろうけれど。悪影響は与えないでほしい。奏太の言葉遣いが、これ以上悪くなりませんようにと祈るばかりだ。

◇◇◇

あっという間に、挙式当日となる。朝から大勢の女中がやってきて、身なりを整えてくれた。白無垢をまとい、化粧《けしょう》を行い、髷《まげ》を結う。綿帽子《わたぼうし》を被《かぶ》ったら、花嫁の装いは完成だ。

ここまで三時間ほどかかったので、くたくたである。それ以上に、着付けをした女中たちは疲れただろう。労《ねぎら》いの言葉をかけておく。

神前式は妖狐の神主《かんぬし》を呼んで、料亭〝花むしろ〟で行われる。

本物の神主だと祝詞《のりと》で妖狐の参列者が具合を悪くしてしまうので、いろいろと対策しているようだ。

しばし部屋で待っていたら、幼少期から仲良くしていた仲居たちがやってくる。

「瀬那お嬢様、とってもきれい！」

「本当に」

「おめでたいわ」

彼女らは我が家の深い事情を知らない。私が若女将を務めている間に、祁答院家のご当主様に見初《みそ》められたとしか聞いていないのだ。これでもかと、祝福してくれる。

「瀬那さん、幸せになるのよ」

「ええ。今日まで、本当にお世話になりました」

こうして皆が喜んでくれると、いささか複雑な気持ちになる。幸せな結婚だったら、どれだけよかったのか。

これから私は、陰陽師の本拠地へと向かうのだ。

「そうそう、私たち、瀬那お嬢様の晴れ姿を見に来ただけではないのよ」

「そうだったわ」

なんでも、彼女らは〝紅引《べにひ》きの儀〟をしにきたという。

紅引きの儀とは花嫁の唇に、魔除《まよ》けを意味する真っ赤な紅を引き、幸せを祈る儀式だという。本来ならば花嫁の母親がするのだが、私にはいない。だから代わりに、皆が来てくれたようだ。

少しずつ、紅を引いてくれる。なんだか感極まって、涙が滲《にじ》んできた。

「瀬那さん、ダメよ、泣いたら」

「お化粧が崩れてしまうわ」

「さあ、俯《うつむ》かずに前を向いて」

「……はい」

紅引きの儀は無事終了し、私は神前式へと挑む。

料亭内に作られた神棚《かみだな》の前に、新郎新婦、それから親族に仲人《なこうど》が集まる。

夫となる祁答院伊月は、黒の羽織《はおり》に黒羽二重《くろはぶたえ》の紋付羽織袴姿《もんつきはおりはかますがた》である。祁答院家の家紋は、曼珠沙華《まんじゅしゃげ》に似ていた。

相変わらずの、お内裏様《だいりさま》みたいな美貌《びぼう》である。

緊張しながらやってきたものの、私が隣に座っても特に反応は示さない。ただただ、神棚をじっと見つめていた。

妻となる女性が朝子でないか確認くらいすればいいのにと思うが、結婚どころか花嫁そのものに興味がないのだろう。

ならば、結婚するのは朝子でよかったのではないか。妾《めかけ》の娘よりも、正妻の娘を妻としたほうが、世間体《せけんてい》もいいだろうに。

何を考えているのか、まったくわからなかった。

三年経ったら妾を迎えるだろうと、父は言っていた。それまでの辛抱《しんぼう》である。

式に集中しよう。私も雑念を追い出し、神棚をじっと見つめる。

こういった神職者を招いて行う結婚式は、ごくごく最近始まったものらしい。

数年前、御上《おかみ》の結婚式で行ったのをきっかけに、華族の間でも広がっていったようだ。

斎主《いつきのみこ》がやってきて、式が始まる。

まず、紙の束が縛《しば》られた棒――大幣《おおぬさ》を振ってこの場を清める。

本物の神職者であれば、あやかしである我々は化けが解けてしまうような危険極まりない儀式だ。けれども、斎主を務めるのは私たちと同じ妖狐である。握る大幣も本物ではないのだろう。

続けて、〝祝詞奏上《のりとそうじょう》〟が行われる。なんでもこれは神に結婚を報告し、新郎新婦に加護を願いでるものなのだとか。

これも先ほど同様に、妖狐たちに無害な言葉が読み上げられる。

次に行うのは、〝三献《さんこん》の儀〟をするために、妖狐族の巫女《みこ》が御神酒《おみき》を注ぐ。もちろん、お銚子《ちょうし》の中にある酒は、ごくごく普通の酒だ。

三つの盃があるのは、きちんと意味があるらしい。

小さな盃は過去を意味する。先祖への感謝の気持ちが込められている、なんて話をふと思い出した。

中くらいの盃は現在を意味する。夫婦が力を合わせ、末永く幸せになるような祈りが込められているようだ。

大きな盃は未来を意味し、新郎新婦、両家の安寧《あんねい》と子孫繁栄《しそんはんえい》の願いが込められているらしい。

まずは、小さな盃を祁答院家のご当主様が盃を傾け、次に私が、最後に再び祁答院家のご当主様が飲み干す。

次に、中くらいの盃は私が最初で、次に祁答院家のご当主様、最後に私が飲み干す。

最後に、大きな盃は祁答院家のご当主様が盃を傾け、次に私、祁答院家のご当主様が飲み干す。

このようにひとつの盃を三回に分けて飲み、合計九回にわたって酒を飲み干すので、〝三三九度《さんさんくど》〟とも呼ばれているようだ。

奇数は縁起《えんぎ》がいいため、わざわざこのような形で行われるのだという。

ちなみに本当に三回に分けて飲むのではなく、一回目、二回目は飲む振りで、三回目のみ飲むのが作法《さほう》なのだ。

三献の儀は新郎新婦の仲を確固たるものとし、神への感謝の気持ちを示す大事な儀式のようだ。

お酒は強いほうではないが、弱くもない。お客さんの付き合いで口にしたり、料理長と仕事のあとに飲んだりする日もあった。寒い日の熱燗《あつかん》は大好きだ。

祁答院家のご当主様はどうなのか。ちらりと横目で見ていたら、耳が赤くなっていた。頬《ほお》も心なしか、ほんのり色付いている。肌が白いので、余計に目立つのだろう。

とてつもない色気を放っているように見えた。

お酒に弱いのだろうか。意外な一面である。

と、祁答院家のご当主様を観察している場合ではなかった。式に集中しなければならないだろう。

夫婦の誓い〝誓詞奏上《せいじそうしょう》〟、感謝の気持ちを神へお供えする〝玉串奉奠《たまぐしほうてん》〟、両家の結束を固める〝親族固めの盃〟は滞《とどこお》りなく済まされる。瞬く間に、式は終了となった。

これをもって、私と祁答院家のご当主様は夫婦となったわけだが、なんの感慨《かんがい》もない。

ただただ無情に時間が過ぎ去っていったように思える。

相変わらず、祁答院家のご当主様は私のほうを見ていなかった。

このあとは、親族や招待客を招いて行われる披露宴である。

その前に、私はお色直しをするという。色打掛をまとい、角隠《つのかく》しを被《かぶ》った。

なんでも白無垢《しろむく》から色打掛へ装いを変えるのは、嫁《とつ》いだ花嫁に血が通い、生まれ変わるという意味があるらしい。

赤地に鶴と牡丹《ぼたん》の総刺繍《そうししゅう》という、贅《ぜい》が尽くされた一着である。

角隠しは怒りの象徴である角を隠し、従順でしとやかな妻となるという誓いが込められているようだ。また、負の感情に支配されるあまり、〝鬼〟と化すことを防ぐまじないでもあるという。諸説あるようだが、さまざまな意味が込められているようだ。

披露宴には、大広間に入るだけの人々が集められていた。何人くらいいるのか。気が遠くなりそうなほどの人で埋め尽くされている。

夫となった男は、背筋をピンと伸ばして座っていた。彼も、装いを改めている。黒の羽織に、黒の縞柄《しまがら》の袴姿となっていた。

お色直しをしても、私を気にする素振りなどまったく見せなかった。

膳《ぜん》には料理長自慢の料理が載っている。それを見た途端、心がホッと落ち着いた。

ただ、新郎新婦に料理を口にする暇などないのだが。

披露宴が始まる。まずは仲人である九条さんから新郎新婦の紹介があり、そのあと参加者の代表からの祝辞が読まれる。お返しとばかりに父が感謝の言葉を述べ、各自飲んだり食べたり、お喋《しゃべ》りしたりと、自由な時間を楽しむ。

夫婦となった私たちのもとには、次々と人がやってくる。夫は公《おおやけ》の場にあまり姿を現さないからか、大勢の人たちが押し寄せていた。

話しかけられた言葉にコクコク頷《うなず》き、盃を交わす。それだけで、彼のほうから話しかけることはなかった。ちなみに、誰も私に話しかけない。皆、おそらく心の中では、妾の娘なので、気を遣う必要はないと考えているのだろう。

ここで、若女将《わかおかみ》をしているときもそうだった。朝子の身代わりとして姿を現したときは、皆、礼儀《れいぎ》正しく接した。

けれども、瀬那として同じ人の前に出たときは、存在がないものとして空気のように扱われていたのだ。

きっと、夫も同じなのだろう。結婚生活にこれっぽっちも期待などしていなかった。

退屈でしかない披露宴は終わり、祁答院家の本家から迎えがやってくる。華族の間で自動車が流行《はや》りつつある中で、古風な黒塗りの馬車がやってきた。

先に夫が乗り込み、続いて私が――と、ここで思いがけない展開となる。

夫が、私に手を差し出したのだ。

腕を伸ばし、触れ合う寸前にふと思う。

果たして、この手を信用して摑《つか》んでいいものかと。

もしも途中で手を離されたら、ケガを負うだろう。

迷っている間に、夫は私の手を握ってぐっと力強く引き寄せた。ひと息で、馬車に乗りこむ。馬車に乗ってからも腰を支えられ、丁寧《ていねい》に座らせてくれた。

対面する位置に座ると思いきや、そのまま隣へ腰を下ろす。

そんなに近くに座らなくてもいいのに。

何か物申そうかと思っていたが、先に夫が御者へ出発の指示を出してしまった。

ガタゴトと音を立てながら、馬車は石畳《いしだたみ》の道を走っていく。これから、帝都の郊外にあるという祁答院家の本邸に向かうのだ。

かつて武家であった祁答院家は、御上を守るために帝都の入り口を本拠地とし、守護を固めていたらしい。そのため、本邸は帝都の中心地にはないようだ。

胸が緊張で高鳴っている。祁答院家でいったいどういう扱いを受けるのか。

これまでより酷《ひど》い扱いを受ける可能性だってあるのだ。

だって、私は妾の娘だから。丁重に接する必要など、皆無なのだ。

なんとも気まずい空気の中、どうしたものかとこめかみを揉《も》み解《ほぐ》す。シーンと静まり返っていた車内で、人形のように微動だにしなかった夫が、突然口を開いた。

「一度、祁答院家の門をくぐったら、二度と実家には戻れないと思え」

地を這《は》うような低い声に、ヒッと悲鳴を上げそうになった。寸前で呑《の》み込んだ私を、褒《ほ》めてほしい。

先ほどの発言は、どういう意味なのだろうか。

お前の正体はわかっているから、かならず息の根を止めてやるという宣言に聞こえなくもない。

「これから話すことは、他言無用だ。墓場まで持っていけ」

墓場と聞いて、全身に鳥肌が立ってしまう。花嫁にかける言葉ではないだろう。

暗に、近いうちに墓場送りにしてやるからな、と言い聞かせているのか。本意はまったくわからない。

夫はこれまでにない硬い表情で、話し始める。私の背筋も、自然とピンと伸びた。

「いいか、一度しか言わないからな?」

「はい」

ごくんと生唾《なまつば》を飲み込み、夫の話に耳を傾けた。

「祁答院家の本邸がある場所は、国内で最大規模の鬼門《きもん》がある場所なのだ」

「こ、国内で最大の、鬼門!?」

鬼門――それはあやかしたちが棲《す》まう〝幽世《かくりよ》〟と、人間たちが住まう〝現世《うつしよ》〟の境目とも言われるものである。

邪気が出入りする方角とも呼ばれ、人間たちはそこに結界《けっかい》を張り、なるべく近づかないようにしているのだとか。

現世で生きるあやかしたちも、鬼門には近づかない。幽世に引き込まれて、強力なあやかしに喰われてしまうからだ。

幽世というのは〝隠り世《かくよ》〟とも呼ばれ、何も変化がない、暗闇の世界である。そこには神やあやかし、死者の魂などが存在すると言われている。

人々を唆《そそのか》して争わせていた荒魂《あらみたま》がいたり、凶悪なあやかしを閉じ込めていたり、供養《くよう》されずに漂う魂がいたりと、禍々《まがまが》しい存在がはびこっている。

そんな幽世に棲まう存在《もの》たちは、変化を求めて現世に来たがるようだ。

「鬼門の先に存在する幽世には、我らが祁答院家の結界をもろともせず、現世に下り立つ者もいる」

「え!?」

まさか祁答院家の方々は、日夜凶悪なあやかしと戦っているのか。そう思って震えていたものの、想像とは異なる説明がなされた。

「鬼門からやってきた者を祁答院家に招き、もてなすのが御上から命じられた祁答院家の役目である」

「も、もてなす?」

「そうだ」

陰陽師だと聞いていたので、てっきり退治しているものだと思っていた。けれども、予想は大いに外れた。

「ど、どうしてあやかしを、倒すのではなくもてなしているのですか？」

「戦うより、効率がいいからだ」

もともと、幽世にいるあやかしは凶悪故に封じられている。そんなあやかしをまともに相手にしていたら、命がいくつあっても足りないだろう。

現世にやってくるあやかしの多くは、刺激を求めている。

そんなあやかしたちをもてなすという行為は、幽世にはない刺激になるようだ。

「も、もしかして、朝子ではなく、私を結婚相手に選んだ理由は、その、おもてなしをするためなのでしょうか？」

「まあ、そうだな」

思わず、馬車の天井を仰《あお》ぎ見る。

たしかに、おもてなしは女将の得意分野だ。

私が選ばれた理由は、納得できるものである。

「これまで姉上が担《にな》っていたのだが――」

ご両親は他界。唯一の身内であった姉君は、なんと屋敷に出入りしていた御用聞きの若者と駆け落ちしてしまったらしい。

「信頼できる親族がいなかったため、姉は婿を迎える予定だったが、婚約者と反りが合わなかったようで、結果的に逃げられてしまった」

「な、なるほど」

幽世からやってくる者たちをもてなしていたお義姉《ねえ》さんがいなくなり、ほとほと困っていたらしい。

御上の側近をしていた夫は急遽《きゅうきょ》、家に戻って鬼門の番人を務めることとなった。

「そんな状況でも、御上から雑用を命じられる。身体《からだ》がいくつあっても足りなかった」

親戚《しんせき》は数名いるものの、任せられるほど信用している者はいなかったらしい。

「屋敷を乗っ取り、当主の座を虎視眈眈《こしたんたん》と狙う、腐肉《ふにく》を喰らうように愚かな禿鷲《はげわし》のような者ばかりだ」

お義姉さんと御用聞きの若者の交際を報告しなかった使用人もすべて解雇し、式神《しきがみ》に身の回りの世話を任せていたようだ。

そのため、本邸に人はいないという。打ち合わせに来ていた男性も、式神だったらしい。

お義姉さんの駆け落ちから三年もの間、夫は御上のもとと屋敷を行き来する生活を続けていたようだが、ついに限界が訪れたのだという。

「しきりに、縁談の話が舞い込むようになった。最終的に、御上が皇女を降嫁《こうか》させようかと言い始め――」

今の祁答院家に、皇女を受け入れる余裕なんぞない。鬼門の守護でせいいっぱいだった。それ以外の名家の娘にも、鬼門の番人などできないだろう。

「どこかに度胸がある娘がいないか、探していた」

そこで偶然、私を見つけたらしい。

「あの、旦那様《だんなさま》と料亭〝花むしろ〟でお会いした記憶は皆無なのですが」

「変装し、潜入していたときだ。覚えていないのも、無理はないだろう」

なんでも、御上より悪巧《わるだく》みの温床《おんしよう》となる料亭に潜入し、裏切り者を調査せよという命令が下っていたらしい。

夫は陰陽師としての仕事だけでなく、さまざまな任務にあたっているようだ。

「どんな者がやってきても、そなたは毅然《きぜん》としていて、戯《ざ》れ言《ごと》にも耳を傾けず、にこやかに働いていた。その姿勢こそ、鬼門の番人にふさわしい」

「そ、そうでしたか」

女将としての頑張りを、まさか祁答院家のご当主様に評価されていたとは。人生、何が起こるかわからないものである。

私がごくごく普通の娘だったら、祁答院家が鬼門を守護する一族でなかったら、喜んでいたかもしれない。

しかし残念ながら私は妖狐で、祁答院家は凶悪なあやかしをもてなす一族なのだ。

それ以外にも問題はある。妖狐である私と、夫の間に子どもは生まれないということ。

これに関しては、早い段階で話していたほうがいいだろう。

一応、いろいろと言い訳を考えていたのだ。

「あの、旦那様、一点、父が申していなかったことがあるのです」

「なんだ？」

「わたくしめは、月のものが不規則でして……子どもは産めないかもしれません」

反応がなかったので、ちらりと夫の横顔を見る。無表情であった。

「それで、その、様子を見て、いい頃合いで、妾を迎えていただけたらな、と思います」

「妾は迎えない」

「な、なぜですか!?」

夫は感情を欠片《かけら》も表情に出さない。淡々と、話を続ける。

「逆に聞きたい。妾の娘であったそなたは、自分と同じ立場になるような者を作るようにと、どうして言える？」

質問された瞬間、しばし考え込んでしまう。

世間一般的に妾の子というのは、日の目に見られることなく、ひっそり暮らしている人たちがほとんどだ。

私もそうだったが、だからといってそれは不幸ではなかった。

父や朝子とは正直に言って不仲だったとしか言いようがないものの、料亭〝花むしろ〟で働く人々は本当の家族のようによくしてくれた。

「——だから私も同じように、迎え入れた女性やその子どもと、仲良くやっていけると思うのです」

はっきり考えを伝えたつもりだったが、返ってきたのはため息だった。

何か見当違いの言葉を口にしてしまったのかもしれない。

「それでも、私は妾を迎えるつもりはない。そもそも、結婚すらしないつもりだった」

名家の当主にとって、跡取りを得るための結婚は重要である。それをしないというのはどういうつもりなのか。

眉間《みけん》に深い皺《しわ》を寄せる夫に、それを聞いてもいいのか。言葉に詰まる。

「瀬那」

「は、はい!!」

突然名前で呼ばれ、驚いてしまう。夫婦となったのだから、まったくおかしなことではないのだが。なんとなく、夫は私に感心がないあまり、名前すら知らないのではと心のどこかで思っていたのかもしれない。

「遠慮《えんりょ》するような目で私を見るな。気になることがあれば、隠さずに聞け」

「わ、わかりました」

天と地とも立場が違う相手に、遠慮なく接するなんて無理だ。けれども、命じられたからにはやるしかない。

「あの、どうして結婚するつもりはなかったのですか？」

「それは、この体内に流れる血が、呪われているからだ」

「呪い、ですか？」

「ああ、そうだ。この呪いは祁答院家の当主である直系男子のみに受け継がれる」

「結婚して世継ぎを産む役目はお義姉さんに任せようと、考えていたわけですね」

夫はこくりと頷《うなず》く。

呪いについては、今話すつもりはないという。

「現在、鬼門を封じることができないか、研究している。成功すれば、祁答院家は鬼門の番人という役割から解放されるだろう」

「呪いからも？」

「そうだな」

鬼門を封じ、呪われた血を断絶する。それが、夫の目標だという。

絶対に叶えてみせると、覚悟を口にしていた。

「これから苦労をかけてしまうかもしれん。危険な目にだって、遭《あ》うときもあるだろう。けれども私は瀬那、そなたを必ず守る。それだけは、約束しよう」

「はい」

果たして信用していいものかは、まだわからない。

もしかしたら、蓮水家ともども幽世《かくりよ》に封じる目論見《もくろみ》があるかもしれないのだ。

相手が陰陽師である以上、油断はできない。

今後の結婚生活がどうなるのか。それは、神のみぞが知ることなのだろう。


馬車は帝都を抜け、街道を進んでいく。

瞬く間に、周囲の景色は鬱蒼《うっそう》とした木々に包み込まれた。

それから一時間くらい走ったのか。馬車が停まり、御者の手によって扉が開かれる。

行き同様、夫は私に手を差し伸べてくれた。手を取ると、ゆっくりと降ろしてくれる。

「瀬那、ここが祁答院家の本邸だ」

竹林の中に立派な屋敷が建つ。ここが祁答院家の本拠地だという。

なんでも竹は清浄を示す植物で、屋敷を守護する意味があるらしい。私が不安そうにしていたからか、夫は丁寧《ていねい》に説明してくれた。

屋敷は昔からある立派な武家屋敷という佇《たたず》まいである。ここに、先祖代々伝わる式神が棲《す》み、日々世話をしてくれるようだ。

「式神のほとんどは天狐《てんこ》だ。見た目は人と変わらないゆえ、恐れることはない」

式神はまさかの同業者（？）だったようだ。

天狐というのは善き妖狐と言えばいいのか。古くから神社で神に仕える眷属《けんぞく》だったり、陰陽師の式神として活躍したりと、人間から一目置かれるような存在なのだ。

一方で私たち妖狐は、神や人に仕えることはせず、一族の繁栄《はんえい》のために人に化けて商売したり、人を騙《だま》したりと、忌《い》むべき存在として認識されているのだろう。

同じ化けを得意とする者同士、バレてしまうのではないのか。冷や汗が額に浮かんでいたので、手巾で拭《ぬぐ》った。

屋敷の門へ近づくと、手を触れずとも開いた。その先に、使用人たちがずらりと並ぶ。

「おかえりなさいませ、ご主人様、奥方様！」

初老の男性が一歩前に出て、「ご結婚おめでとうございます」と言って深々と頭を下げる。夫は軽く手を上げて、言葉に応じていた。

「瀬那、ここにいる者たちが、家を守る式神だ」

「人にしか見えないのですが」

蓮水家に関係する妖狐以外で、化けを得意とする存在を初めて目にする。どこからどう見ても、化けた狐には見えない。

「ならば、皆の者、本来の姿を見せてやれ」

さまざまな方向から返事が聞こえ、皆一斉にくるりと一回転する。瞬く間に、人の姿から狐の姿に変わった。

「きゃあ！」

思わず、悲鳴をあげてしまう。

妖狐は家族の前でも、めったに本性を現さない。そのため、あっさりと狐の姿を見せる天狐に驚いてしまった。使用人はひとり残らず、狐の姿となっている。

輝く金の毛並みに、青く光る瞳が、彼らが普通の狐でないことを示しているようだった。

「全員、瀬那の味方だ。なんでも命じるとよい」

「は、はあ」

夫が「伊万里《いまり》、こい」と命じる。使用人の列の中にいた、小柄な天狐が走ってやってきた。

「今日から私の妻である瀬那に、しっかり仕えるように」

「は、はい！」

伊万里と呼ばれた天狐は、その場で軽やかに一回転し、人の姿となる。おかっぱ頭の少女に転じた。

「奥方様、私は伊万里と申します。誠心誠意、お仕えしますので、どうぞよろしくお願いいたします」

「よ、よろしく」

わからないことがあれば、伊万里に聞け。そう言って、夫はスタスタと家のほうへと歩いていく。今日は解散、ということでいいのか。

「お部屋に案内いたしますね」

「ええ、お願い」

いつの間にか、他の天狐たちも人の姿に化けていた。

深々と頭を下げて、微動だにしない。

敵意のようなものはいっさい感じず、それどころか歓迎の雰囲気《ふんいき》さえある。

もしかして、妖狐だとバレていない？

それとも、わかっていて見逃してくれているのか。

一歩、一歩と屋敷のほうへと近づいていく。

ここは鬼門《きもん》の近くにあるというが、禍々《まがまが》しさはまったく感じない。

むしろ清浄な空気を感じるのは、竹林に囲まれているからなのか。

これから、祁答院家での結婚生活が始まる。

この先どうなるかは、まったく想像できない。

ひとまず、何やら私にはあやかしのおもてなしという役目があるようなので、しっかり果たさなければならないだろう。

竹垣《たけがき》に囲まれている門を抜けた先には、見事な庭園が広がっていた。蓮水家の庭より明らかに広い。

真っ直ぐ伸びた高い木は、紅葉《もみじ》だ。秋になったら紅葉《こうよう》してさぞかし美しいだろう。

他に手水鉢《ちょうずばち》や石灯籠《いしどうろう》、色鮮やかな鯉《こい》が泳ぐ池もある。

奥に見える建物は蔵、雪隠《せっちん》に風呂、馬小屋などが庭にあるらしい。

「迷子になりそう」

「そうなんです！　お恥ずかしい話なのですが、私もたまに帰り道がわからなくなって、庭師さんに教えてもらうのですよ」

「ここまで広かったら、無理もないわ」

広すぎる庭で遭難《そうなん》なんて、したくない。

庭師が書いた庭の地図があるというので、あとで見せてもらうことにした。

「お庭には他にもいろいろあるのですが、またのちほどご案内しますね」

「ええ、お願いね」

「この伊万里にお任せください！」

伊万里は胸をぽんと叩き、笑顔を見せる。

この様子だと、私が妖狐だと気づいていないようだ。こっそり、ホッと胸をなで下ろす。

玄関のほうへと進んだ先には、藤棚《ふじだな》もあった。

ちょうど花咲く季節で、夢のように美しい。

「まあ、とってもきれい」

「この藤の花は、ご主人様のお気に入りなのです」

「そうだったの」

ならば、一緒に眺めてもいいのではないか。そう思ったものの、すでに夫の姿はどこにもなかった。

「奥方様、こちらが玄関になります！」

「ありがとう」

私は伊万里に続いて、玄関へと足を踏み入れる。

屋敷の内部は掃除《そうじ》が行き届いた、清潔感のある空間であった。

畳《たたみ》を張り替えたのか。い草のよい香りがする。

入ってすぐに一段上がった座敷、床の間《とこのま》があった。美しい芍薬《しゃくやく》の花が生けられている。

床の間がある玄関は上級武士の証《あかし》だと、家庭教師から習ったことがあった。庶民《しょみん》は玄関すら、造れなかったらしい。家の造りで格がわかるようになっているのだとか。

玄関から近い部屋は、御成《おな》りの間、客間、茶室などの客人を招く表座敷。そこから先に進むと、家族が使う奥座敷となる。

「こちらは旦那様《だんなさま》の書院で、奥が寝室。その隣が奥方様の私室となっております」

夫とは寝室を挟んで各々《おのおの》の部屋を行き来できるようだ。

つまり、夜は仲良く一緒に眠るらしい。

「こちらが、奥方様の私室でございます」

襖《ふすま》を開けた先は、瀟洒《しょうしゃ》な部屋だった。

実家から持ち込まれた花嫁道具は、真新しい収納箪笥《しゅうのうたんす》のみ。

壁側に置かれた文卓《もんしょく》は、引き出しに牡丹《ぼたん》の花が彫られた洗練された品である。置かれた座布団も、美しい花模様が刺繡されていた。

他にも漆塗《うるしぬ》りの飾り棚に、竹で透かし模様があしらわれた行灯《あんどん》など、祁答院家で新しく用意したであろう家具が品よく置かれている。

「すてきなお部屋ね」

「どれもご主人様が選んで買い集めた家具なのですよ。配置もこだわっていたようで」

「まあ、そうなの？　てっきり、使用人に命じたものだとばかり」

「わたくしどもは式神《しきがみ》ですから、家具や配置のよしあしはからっきしですので」

「そうだったわね」

てっきり何もかも人任せだと思っていた。夫が直々に、部屋を整えてくれたなんて。

しぶしぶ結婚したものだと思い込んでいたが、案外望まれていたのだろうか？

いいや、深く考えるのは止めよう。私は妖狐で、夫は陰陽師だ。本当の夫婦になんてなれるわけがない。

ここでようやく、花嫁衣装から解放される。他の女中もやってきて、脱がせてくれた。

楽な浴衣《ゆかた》をまとい、ふうと息をはく。

「お飲み物と、少し摘《つ》まめるものをお持ちしますね」

「ありがとう」

披露宴以降、何も口にしていないものの、帯の締め付けと極度の緊張でお腹は特に空《す》いていなかった。

軽いものならば、少しだけ口にできるだろう。

十分後、伊万里は戻ってくる。私が想像もしなかった軽食と共に。

「どうぞ。お口に合えばよいのですが」

白い磁器皿《じきざら》に置かれていたのは、一本のキュウリだった。

「こ、これは……?」

「朝採れの、新鮮なキュウリです」

「ええ、そうよね。どこからどう見ても、キュウリだわ」

湯呑《ゆの》みの中身は、ごくごく普通の緑茶である。けれども、それと一緒に置かれているのは、紛《まぎ》れもなく新鮮なキュウリだった。

「えーと、その、祁答院家では、水菓子としてキュウリを食べる文化があるの?」

「いいえ、ご主人様のお好みで、キュウリです」

「いいえ、トマトやダイコン、キャベツなど、さまざまな野菜が並びます」

疑問符が、雨あられのように天井から降り注いでくる。

「あの、どうして野菜を食べているの？」

「ご主人様は繊細《せんさい》な御方で、食べ物に込められた念を感じ取ってしまうようで」

なんでも一度、食事に毒が混入されており、すさまじい悪意も込められていたことから、一ヶ月間もの間生死をさまよう事件が起こったらしい。

十五歳の春だったという。

「それ以降、ご主人様は人が作った料理を一度も口にしておりません」

「三献《さんこん》の儀のお酒は飲んでいたようだけれど」

「おめでたい席なので、きっと無理をなさっていたのでしょう」

「そう」

この野菜も、庭にある畑で夫が育てているらしい。畑仕事をする様子は、まったく想像できないのだが。

「ご主人様以外の御方は、料理を食べていますよね。すみません、気が利《き》かずに、キュウリをそのまま出してしまって」

「三食、キュウリ？」

「いいえ、大丈夫。いただくわ」

キユウリの丸かじりなんて、子どもの時以来だろう。井戸の水で冷やしたものを、厨《ちゅう》房《ぼう》のみんなで集まって、日陰で食べたのだ。

とってもおいしくて、楽しかったような思い出が残っている。

久しぶりに、キユウリをそのまま齧《かじ》った。

パキッと音がなる。キユウリは瑞々《みずみず》しくって、青臭《あおくさ》さはまったくなく、ほんのり甘い。

結婚式で疲れた身体《からだ》に沁《し》み入るような、おいしいキユウリだった。

「あの、ここでは幽世《かくりよ》からやってきたあやかしたちをもてなしているという話を聞いたのだけれど、もしかして、あやかしたちにも野菜を出しているの？」

「ええ、そうなんですよ」

不変の世界である幽世の住人にとって、手間暇《てまひま》かけて育てられた野菜は何よりのごちそうなのだという。野菜を食べたら、満足して帰っていくらしい。

「たしかに、このキユウリはごちそうだわ。おいしかった、ありがとう」

伊万里はホッとしたような表情を浮かべていた。

しかしながら、三食野菜を食べる生活を受け入れたわけではなかった。

「ただ――」

「ただ？」

「明日からは、料理を作らせていただくわ」

もちろん、夫の許可を取ってからだが。

「あの、明日になったら、料理人を手配しますので」

「いいえ、大丈夫。私、料理人の修業をしていたの」

「奥方様は、料理人なのですか？」

「ええ」

料理を作りたいなどと言ったら、夫はどんな顔をするのか。

別に、食べさせようとか考えていない。自分の食事を作るだけだ。

夕食もキュウリを出されるだろうと思っていたが、中座敷に置かれた食卓には見覚えある重箱が置かれていた。

「これは、〝花むしろ〟のお重!?」

「ええ、そうですよ。奥方様のために、ご主人様がお願いしていたそうです」

蓋《ふた》を開くと、披露宴で食べられなかった料理の数々が敷き詰められていた。

ああ、なんてことだ。

ただ料理を用意してくれただけなのに、涙が出そうになる。

「あの、旦那様は？」

「お部屋で召し上がったようです」

「そう」

夫婦なのに、食事すら一緒に食べないらしい。

覚悟はしていたが、いざやられるとなると若干《じやつかん》傷ついてしまう。

「奥方様、ご主人様はぶっきらぼうなところはありますが、とてもお優しい方なんです」

「ええ。わかっているわ」

何も思っていなかったら、料理も適当に懇意《こんい》にしている店に用意させるだろう。

たぶんだけれど、私が喜ぶと思って、披露宴の料理を手配してくれたのかもしれない。

そもそも私の食事なんて、気にもかけないだろう。

少年時代に食事中、毒を盛られたと伊万里が話していた。きっと、誰とも食事を摂《と》りたくないに違いない。

ストンと腰を下ろし、料理と向き合う。

春野菜の炊《た》き合わせに、山菜の天ぷら、魚の照り焼きに、酢の物、煮物に土瓶蒸《どびんむ》し、炊き込みご飯、お造りはパッパッと塩を振って焼き魚にしてあった。びわは、食べやすいように種が抜かれている。

どの料理もおいしくって、ますます涙が零《こぼ》れてしまった。


夜――使用人の手を借りて湯浴みをする。

板張りの床に風呂桶《ふろおけ》の中に湯が満たされた、昔ながらの風呂場である。

実家はタイル張りの床に、琺瑯《ほうろう》の浴槽《よくそう》という、最先端の風呂を父が異国の地から取り寄せていたのだ。

個人的には、木製のほうが落ち着くような気がする。実家は水色の床に薄紅《うすべに》色の浴槽という、落ち着きのない色合いなのだ。

「奥方様、こちら、庭の薔薇《そうび》から作りました香油でございます。髪やお体にお塗りしてもよろしいでしょうか？」

「ええ、お願い」

薔薇のかぐわしい香りが浴室に充満する。なんとも贅沢《ぜいたく》な気分を味わった。

これが名家に嫁いだ者の扱いなのかと、ひしひしと実感する。

その後、髪は丁寧《ていねい》に梳《くしけず》られ、肌触りのよい浴衣を着せてもらう。

緊張しつつ寝室へと赴《おもむ》いたが、布団はひとり分しか敷かれていなかった。初夜をするつもりはないという宣言にも思える。

小さな行灯《あんどん》がぼんやりと灯る部屋で、私は布団の上に正座する。

夫の部屋から明るい光が漏《も》れていた。耳を澄ませると、物音も聞こえる。

一言、初夜は行わないという言葉があってもよいのではないのか。

ホッとしたような、腹立たしいような、不思議な気分となる。

一言、おやすみなさいませと言うくらいならばよいのか。

そう思って、夫の部屋があるほうの襖に手をかける。が、びくともしない。

私側から襖が開かないように、何か木刀のような長い棒を立てかけているのだろう。

やはり、夫は私が妖狐だと気づいているのか。襲撃を受けないよう、このような細工《さいく》をしているとか？

だったらなぜ、私を気遣うような命令を使用人にするのか。

披露宴の料理を用意したのも私を懐柔《かいじゅう》させ、気を緩《ゆる》ませる目的で行っているのかもしれないが……。

わからない。夫がわからない。

ただ、相手が陰陽師であることには変わりない。警戒を怠《おこた》らないようにしなくては。

もう、寝よう。今日は疲れた。

横になろうとした瞬間、廊下《ろうか》側から声がかかる。

「あの、奥方様、少しよろしいでしょうか？」

伊万里の声である。返事をすると、遠慮《えんりょ》がちに襖が開かれた。

「夜分遅くに申し訳ありません」

「いいえ、大丈夫」

伊万里の手には、金の鶴が蒔絵《まきえ》で描かれた黒い小箱があった。

「あの、こちらを、ご主人様が用意していたのですが、伝達不足で気づいておらず……」

手持ちの行灯を掲げ、近くにくるよう手招く。

伊万里は遠慮がちに寝室へと足を踏み入れた。

ちょこんと正座し、小箱を開く。中に入っていたのは――花菖蒲《はなしょうぶ》を模《かたど》った練《ね》り切《き》りであった。

「まあ、きれい」

「帝都一の和菓子職人が作った、とっておきの和菓子だそうです」

「これを、旦那様《だんなさま》が私のために用意していたと？」

「はい」

結婚式のあと疲れているだろうから、甘いものでも食べてひと息ついてほしい。そんな思いを込めて、特別に作らせていたらしい。

「せっかくご主人様が奥方様のために用意されていたのに、私どもはそれに気づかず、キュウリをお出ししてしまい――――！」

「キュウリ、おいしかったわ。丸かじりなんて久しぶりだったから、童心に返れたし」

「うう、奥方様……！　もったいないお言葉です！」

両手を差し出すと、伊万里はそっと小箱を置いてくれた。

「ありがとう。旦那様の心遣いも、あなたの気遣いも、どちらも嬉しかったわ」

「は、はい！　ありがとうございます」

頭を撫《な》で、ゆっくり休むように言う。伊万里は襖の前で深々と頭を下げ、去っていった。

ひとりになり、改めて花菖蒲の練り切りを見下ろす。

食べるのがもったいないくらいの、美しいひと品だ。

花菖蒲の花言葉は、〝あなたを信じる〟。

果たして、意味を知っていて私に贈ってきたのだろうか。

期待されているのならば、応えたい。けれども、私は大を信じていいものか。

まだ、わからない。

けれども、心遣いはとても嬉しかった。

だから、夫の部屋のほうを見ながら、声をかける。

「旦那様、花菖蒲の練り切り、とても嬉しかったです。他にも、いろいろと心を砕《くだ》いていただき、心から感謝します」

三つ指をついて、頭を下げる。

「ふつつか者ですが、これからどうぞよろしくお願いいたします」

私は妖狐で、夫は陰陽師だ。

心を尽くすふりで油断させておいて、退治する目論見《もくろみ》があるのかもしれない。

けれども、今日、夫がしてくれたことが嬉しかったのは確かだ。

感謝の気持ちを口にするくらいは許されるだろう。

はきはきとした、比較的大きな声で話しかけたものの、返事はない。

それでいい。別に、反応なんて期待していないから。

今日は疲れた。ゆっくり休もう。

横になり、目を閉じる。あっという間に、意識は遠のいていった。

第二章　妖狐夫人は陰陽師宅でできることを頑張る

チュリチュリという、美しい鳥のさえずりで目を覚ます。あれは、鶺鴒《せきれい》の鳴き声か。鶺鴒は水辺によくいる鳥だと聞いた覚えがあったが、近くに川でもあるのだろうか。あとで、伊万里《いまり》に聞いてみなくては。

天敵である陰陽師《おんみようじ》の本邸だというのに、自分でも信じられないくらいぐっすり眠ってしまった。

布団が驚くくらいふかふかで、太陽のいい匂《にお》いもしたので、余計に深く寝入ってしまったのだろう。

夜中に襲撃を受けるかもと警戒していたものの、何もなかったようだ。

掛け布団を避け、起き上がる。ひんやりと、肌寒さを感じた。屋敷の周囲が自然豊かだからだろうか。帝都の朝より寒い気がする。

枕元に用意されていた着物も、裏地が付いた袷《あわせ》だった。

袷の着物を持って、私室へと移る。夫は寝室に足を踏み入れないだろうが、なんとなく襖《ふすま》一枚しか挟んでいない空間で着替えるのは恥ずかしいと思ってしまったから。

窓掛けを避けると、陽の光が差し込んでくる。ここで手にしていた着物が、芙蓉《ふよう》が描かれた美しい一着だというのに気づいた。

ふと、着物が収められた桐箪笥《きりだんす》の中身が気になって開いてみる。ひとつ、ふたつ、みっつと、ぞくぞくと着物が出てきた。

丁寧《ていねい》に包まれたたとう紙を開くと、四季折々の美しい着物が収められていた。

祁答院《けどういん》家は数え切れないほどの着物を、あらかじめ用意してくれたようだ。もしかしたら義姉が使っていた品を仕立て直したのかもと思っていたが、どれも新品であった。

ちなみに実家から持ち込んだのは、花嫁衣装と袷、単衣《ひとえ》、薄物《うすもの》が一着ずつのみ。

他にも用意していた着物はあっただろうが、妾《めかけ》の娘である私に多くの予算はかけられなかったのだろう。

ひとまず、着物をまとって髪を軽く結い、洗面所へと向かう。瓶《かめ》に満たされた水で顔を洗ったが、冷たくって全身に鳥肌が立った。

丁寧に歯を磨《みが》き、部屋に戻って化粧《けしょう》を施《ほどこ》し、髪をまとめる。

鏡を覗《のぞ》き込んだ瞬間、ふと気づく。完全に、料亭〝花《はな》むしろ〟に立つつもりで身なりを整えてしまった。

ただ、祁答院家は厳格な家である。これくらいきっちりしていても問題ないだろう。

掃き出し窓を広げると、その先は縁側となっていた。目の前に広がるのは、立派な庭園である。

外の空気はひんやりと冷たかったが、静謐《せいひつ》な雰囲気《ふんいき》と澄んだ空気が清らかな気分にしてくれた。

すぐ近くで、弱々しい鳥の鳴き声が聞こえた。鶺鴒とは異なる鳥のようである。

叢《くさむら》を掻《か》き分けると、小さな雀《すずめ》がいた。羽を広げ、うつ伏せ状態だった。

もしや、力尽きてしまったのだろうか。

急いで部屋に戻って生け花の花と剣山《けんざん》を取り、花器を手に取る。水は外に捨て、水差しの水を注いで先ほどの雀のもとまで急いだ。

「ほら、これでもお飲み」

声をかけると、雀は僅《わず》かに起き上がり、水をちまちまと飲む。そのあと、バシャバシャと水浴びをした。すると、水が一瞬にして濁《にご》る。

もしかしたら泥沼か何かに落ちて、飛べなくなってしまったのかもしれない。

全身をぶるぶるとふるわせ、くるりと私のほうを向く。一言「ちゅん」と鳴くと、青空に向かって飛び立った。

よかったと、胸をなで下ろす。

しばしぼんやりと空を眺めていたら、遠くから何やら不思議な音が聞こえた。

ザック、ザックと、農具で土を叩くような音である。

こんな朝早くから、庭師は仕事をしているのだろうか？

庭に出るための草履《ぞうり》が用意されていたので、それを履《は》いて庭に下り立つ。

音を頼りに接近してみると――信じがたい光景を目にしてしまった。

祁答院家の庭園の一角に、立派な畑があったのだ。そして、畑の真ん中で夫が鍬《くわ》を握り、土を耕していた。

見間違いかと思って目を擦るも、目の前に見える光景に変わりはない。

水干装束《すいかんしょうぞく》の袖《そで》を襷《たすき》でくくり、袴《はかま》は脚絆《きゃはん》を巻いて作業の邪魔にならないようにしていた。

長い髪は見合いや結婚式の時と同じように、水引《みずひき》のような紐で丁寧にまとめていた。

遠目で見たら農家の人かと思うほど、農作業する様子は手慣れている。

そういえば、昨日伊万里が話していたのを思い出す。夫の食事に毒と悪意が混入され、それ以降、他人の料理を口にできなくなったと。野菜はすべて夫が育てていると聞いていたものの、こうして実際に見るまでピンときていなかったのかもしれない。

見なかったふりをしたほうがいいものか。迷っていたら、足元に落ちていた枝を踏んでパキリという物音を立ててしまう。

「誰だ!?」

夫が鋭く叫び、怖い顔でこちらを見ていた。鍬を武器のように構え、警戒している。

覗きがバレてしまったのならば仕方がない。観念して、木々の間から畑のほうへ一歩踏み出す。

おはようございますと言っても、ポカンとした表情で私を見るばかりだ。

まさか、嫁《とつ》いできた妻の顔を忘れたのではないか。そう思って、念のため名乗っておく。

「旦那様、瀬那《せな》でございます。その、朝から精が出ますね」

シ――ンと静まり返る。なんとも気まずい気持ちでその場に立っていた。

このまま去るわけにもいかないだろう。意を決し、夫に話しかける。

「畑を、見せていただけますか?」

「着物が汚れる」

「畑の中には入りませんので」

それならば許してくれるのか、夫は微《かす》かに頷《うなず》いた。

畑にはたくさんの野菜が育てられていた。昨日いただいたキュウリに、エンドウ、ソラマメ、キャベツにミツバ、シロナにトマト、ナスなど。

「あちらは根菜――ジャガイモにゴボウ、ヤマイモにラッキョウだ」

「思っていた以上に、たくさん作っているのですね」

「伊万里から、話を聞いていたのか？」

「ええ。土を叩く音が聞こえたものですから、覗きにきてしまいました」

「物好きだな」

間違いないと思い、深々と頷いておく。

「今耕している場所には、何を植えるのですか？」

「夏野菜だ」

シシトウにオクラ、ニガウリにトウモロコシ、マクワウリにカボチャ、スイカなどを植えるという。

「スイカも育てるのですね！」

「好きなのか？」

「ええ。たまに、余ったものをいただいておりました」

「そうか」

夫が突然、屋敷を取り囲む竹藪《たけやぶ》の向こう側を指し示す。

「あちらに川がある。夏に、スイカを冷やして食べたら、うまいだろう」

「そうなのですね！　鶺鴒の鳴き声が聞こえたので、どこか近くに川があるのだろうと思っておりました。ご一緒できるのを、楽しみにしています」

そう答えたら、不思議そうな目で見つめられた。どうやら、一緒に食べようという誘いではなかったようだ。

「申し訳ありません。ご一緒するなど、差し出がましいことを口にしまして」

「いいや、そうではない。私と一緒に行っても、楽しくなんかないだろうと思っただけで……」

「そうでしょうか？　実際にしてみないと、わからないと思うのですが」

「……」

夫はそっぽを向いて、「それもそうだな」とぽつりと呟《つぶや》いた。

よくよく見たら、耳がほんのり赤いような気がする。もしかして、照れているのだろうか。なんとも可愛《かわい》いところがあるものだ。年上の男性に、こんなことを思うのは失礼かもしれないが。

祁答院伊月《いつき》という人物像を、いまいち摑《つか》めないでいる。

彼から姿を隠し、縮こまっているよりも、近くで人となりを理解したほうがいいのか。

一緒にいたら弱点も見えるだろうし。

そう思って、提案してみる。

「あの、旦那様《だんなさま》、お願いがあるのですが」

「なんだ?」

「明日から、畑仕事を手伝わせてほしいのです」

「何を言っているのだ。これは、そなたがするような仕事ではない」

汚れるし、虫は出るし、たまに蛇も見かける。農具でケガする可能性もあるので、危険だと反対されてしまった。

「あの、私、鎌を使った草刈りくらいならば経験がございます。虫とも蛇とも、面識はございますので」

「面識……!」

笑いのツボに入ってしまったのか。夫は背中を向けて、微《かす》かに震えていた。

冷静沈着で、何事にも動じないような男性だと思っていた。しかしながら今、夫は私のとんちんかんな発言に笑いを堪《こら》えている。

祁答院家のご当主様と聞いて遠い存在のように考えていたが、こうして近くで見ているとごくごく普通の青年にしか見えない。

と、夫を観察している場合ではなかった。

私はたたみかけるようにして、懇願《こんがん》する。

「どうかお願いいたします。一生懸命働きますので！」

「わかった、わかったから」

勢いがよかったのか、畑仕事の許可を得ることができた。

「あと、もうひとつ、よろしいでしょうか？」

「なんだ？」

料理を作るために、台所を使う許可が欲しかったのだ。

しかしその前に、昨日料亭〝花むしろ〟の重箱を取り寄せてくれた件について感謝の言葉を述べなければならないだろう。

「昨日、披露宴の料理をいただきまして、旦那様が手配をしてくださったと伊万里からお聞きしました。心から感謝します」

「ああ、それは、披露宴のときに、そなたが食べたそうにしていたから」

料理の数々に思いを馳《は》せて胸いっぱいになっていただけだったが、夫には腹減り花嫁に見えていたらしい。

まあ、そう見えていたおかげで、昨晩は料理を堪能《たんのう》できたわけだが。

「それと、花菖蒲《はなしょうぶ》の練《ね》り切《き》りも、ありがとうございました。とても、嬉しかったです」

昨晩伊万里が持ってきた和菓子の話をし始めた途端、表情が険しくなる。

「あれは、処分しておくようにと命じておいたのに。まさか、茶請《ちゃう》けとしてキュウリを出していたとは……！　信じられない」

夫は子どもみたいにふてくされた様子でいた。それも無理はないだろう。帝都で一番の和菓子職人に作らせた練り切りだったと伊万里から話を聞いていたから。まさかキュウリを出していたなんて、想像もしていなかったに違いない。

「あの、その、私はキュウリをいただいて、とても和《なご》みました」

「和んだ、だと？」

「ええ」

祁答院家にやってくるまで、私は大いに緊張していた。加えて、お茶と一緒に出てきたキュウリを前にした途端、戸惑いの気持ちに支配された。

けれども、キュウリを口にした瞬間、それらの感情は吹き飛んだのだ。

「キュウリ、とてもおいしかったです。ありがとうございました」

夫は顔を俯《うつむ》かせ、微かに頷くばかりだった。どんな感情でいるかは、読み取れない。

ここから先が本題である。

「あの、ここに料理人はいないとお聞きしました」

「そうだが、そなたが食べる料理は、三食手配する。心配するな」

「あ、いえ、そちらの心配ではなくて」

訝《いぶか》しげな目で見られる。いったい何に不満があるのかと、言いたげな様子だった。

「私、自分の料理は自分で作りたいと思っているのですが、台所をお借りして、調理器具や食材などをご用意していただくことは可能でしょうか?」

思いの丈《たけ》を述べても、夫の表情は変わらない。不可解な生き物を前にしたような、険しい視線を向けている。

「なぜ、自ら料理をしたいと望む?」

「料理は私にとって、服を着替えたり、髪を梳《くしけず》ったりするのと同じで、生活の一部なんです」

これまで、厨房《ちゅうぼう》に立たない日というのはなかったように思える。それくらい、料理は生活に染みついていた。料理をしない人生なんて、息をするなと言われるようなものだ。その辺も、訴える。

「幽世《かくりよ》からやってきたあやかしにも、料理をふるまえると思うのです」

「あやかしに、料理を?」

「ええ。昨日いただいたキュウリは、とてもおいしかったのですが、調理をしたらもっともっとおいしくなると思うのです」

もちろん、新鮮なままかぶりつくのがもっとも贅沢《ぜいたく》な食べ方だろう。けれども、調理することによって、食材の可能性はどこまでも広がるのだ。

「旦那様、どうか、許可をいただけないでしょうか？」

食材は自分でどうにかしろと言われたら、その辺でタケノコや山菜を集めることもできるはず。とにかく、私は料理がしたい。

「顔を上げろ」

命じられたとおり顔を上げ、ピンと背筋を伸ばす。

旦那様の表情は、険しいままだ。

「だめ、なのでしょうか？」

「いや、別に反対はしていない。そなたがそこまで、料理に思い入れがあるとは思っていなかったから、驚いただけだ」

女将《おかみ》役は朝子《あさこ》に強制させられていたものの、それ以外の料亭での仕事は進んでやってきた。特に料理を習ったり、仕込みをしたりと、厨房に関わる時間は充実していて、幸せだったとも言えるだろう。

「なるべく苦労をかけないよう、料理は用意させるつもりだった。もしも自分でしたいと言うのであれば、好きにするように」

「――っ！　旦那様、ありがとうございます」

まさか、この場で許可がもらえるとは思っていなかった。思わず小躍りしそうなほど嬉しくなったが、引き続き夫に注視されているのに気づいてサーッと血の気が引いてしまった。一瞬にして、冷静になる。

「台所の調理器具は、姉がすべて持っていってしまった。買い換えてもいないので、何もない。今日、一緒に買いに行こう」

「一緒に、ですか？」

「ああ、そうだ」

忙しいのではないか。そう問いかけると、結婚式の翌日は休みをもらっていて、買い物に付き合う時間はあると言う。

「あの、買い物でしたら、慣れておりますので。その、伊万里の同行を許していただけたら、十分かと」

「気にするな」

どうやら拒否権はないらしい。結婚式の翌日に、夫婦揃って出かけることになるとは想定もしていなかった。

「朝食を食べたあと、準備ができたら声をかけろ」

「はい、承知いたしました」

深々と頭を下げながら、人生とは上手《うま》くいくばかりではないなと、ひしひしと痛感してしまった。


部屋に戻ると、私を探す伊万里の姿があった。

「奥方様ー！　奥方様ー、いずこへーー！」

「ここにいるわ」

「奥方様！」

おはようございますと丁寧《ていねい》に会釈《えしやく》したのちに、涙目で「捜しておりました」と訴えてくる。

「ごめんなさい。庭を散歩していたの」

「そ、そうだったのですね……！　もしや、あやかしに攫《さら》われたのかと思いまして」

ここは鬼門《きもん》の近くにあるお屋敷。そういった可能性もあるのだろう。普通の家とは事情が異なるので、勝手な行動をしたら迷惑をかけてしまうのだ。

「ごめんなさい。置き手紙を残しておけばよかったわね」

「い、いいえ、私がもっと早く起きればよかったのです」

「今くらいの時間で大丈夫よ」

明日から、夫の畑仕事を手伝う旨《むね》を伝えておく。朝いなくても、驚かないようにと重ねて言っておいた。

「身なりは自分で整えられるわ。そのほうが、しっくりくるの」

「承知いたしました」

結婚式のとき親戚《しんせき》の女性陣に花嫁衣装を着付けてもらったのだが、首とお腹回りが苦しかったのだ。

「未熟で、申し訳ありません」

しょんぼりとうな垂れる伊万里の頭から、狐の耳がピコンと生える。化けに集中できていないのだろう。

咄嗟《とっさ》に、両手で押さえてしまう。狐の耳は、ふかふかでもふもふだった。

「ひ、ひゃあ！　あ、耳、出ていましたか!?」

「出て、いたわね」

妖狐《ようこ》の子どもも、怒られた時や泣いている時など、感情が一定状態でないとき、化けが解けやすくなるのだ。

だからついつい癖《くせ》で、周囲の人間から耳を隠すように握ってしまった。

「ごめんなさい。可愛《かわい》かったから、ついつい触ってしまったわ」

「いいえ、大丈夫です」

可愛くて触ったという触れ方ではなかったものの、伊万里は追及せずに許してくれた。愛らしい狐の耳も、すぐに消えてなくなる。

「あ、朝食のご用意ができております。お座敷のほうへどうぞ」

「ええ、ありがとう」

特に期待はしていなかったが、座敷に用意された朝食は私の分だけだった。夫の姿はどこにもない。

「奥方様、どうぞお召し上がりくださいませ」

「ありがとう」

膳《ぜん》には海苔《のり》が巻かれたおにぎりに、つくだ煮、漬物、焼き魚、菜の花のおひたしと、おいしそうな料理の数々が用意されていた。

「申し訳ありません。汁物は運搬が難しく、お届けできないと言われてしまいまして」

「いいえ、十分すぎるほどよ。ありがとう」

伊万里はぺこりと会釈し、座敷から去っていった。さっそく、朝食をいただく。

ふいに、かつての食生活を振り返る。

朝食はいつも、料亭で食べていた。朝の仕込みが終わったあと、余った食材でいろいろ作っていたのだ。たいてい、ご飯と漬物、それからちょっとした料理というのが定番である。こんなにしっかりした朝食を食べるのは、初めてかもしれない。

朝から散歩をしたのがよかったのか。お腹がぺこぺこである。

しっかり味わっていただいた。

買い物は私の準備ができしだい出発すると言っていた。すぐに用意をしたほうがいいだろう。とはいっても、身なりは朝整えた。軽く化粧直《けしようなお》しをする程度でいいだろう。そう思っていたが――。

「奥方様、外出用のお召し物を用意いたしました！」

「え!?」

なんでも、私の部屋にあった桐箪笥《きりだんす》の着物は室内着だったらしい。外出用の着物は、別に用意してあったようだ。

木箱に収められていたのは、梔子色《くちなしいろ》の生地に紅色の薔薇《そうび》が花開いた一着である。

「少々、派手では？」

「きっと奥方様にお似合いになるかと」

伊万里は着物を着る補助をしてくれた。纏《まと》ってみると、意外と派手な印象はなかった。薄紫の帯を合わせ、黒の帯留めで全体の印象を引き締める。

「奥方様、よくお似合いです」

「ありがとう」

伊万里は化けの能力が不十分であるため、外に出る許可が出ていないようだ。そのため、他の式神《しきがみ》が同行するという。

ひとりは昨日紹介してもらった、初老の男性に化けた天狐《てんこ》。名を虫明《むしあげ》というらしい。もうひとりは、私の部屋に何度か出入りしていた二十歳《はたち》前後の女性に化けた天狐、お萩《はぎ》。

昨日乗った馬車が屋敷の前に停まっており、御者が扉を開くと、その向こうに夫の姿が見えた。

朝見かけた水干装束《すいかんしょうぞく》ではなく、小袖《こそで》に袴《はかま》を合わせた姿でいた。

夫は立ち上がり、馬車から身を乗り出して手を差し伸べてくれる。

昨日は花嫁装束だったので手を貸してくれたのだと思っていたが、夫にとってはいつもの行動だったようだ。非常に紳士だと、しみじみ思ってしまう。

可能な限り陰陽師である夫とふれあいたくなかったものの、ここで拒絶するのもおかしいだろう。

顔が引きつっていないようにと祈りつつ、夫の手を握って馬車へと乗りこんだ。

虫明とお萩は天狐の姿へ戻り、馬車に飛び乗る。

座席の下に潜り込み、気配を消していた。

夫が杖《つえ》で御者側の壁をコツコツと叩くと、馬車は走り始める。

「あの、旦那様《だんなさま》、ふたり揃って出かけても、大丈夫なのですか？」

「大丈夫、というのは？」

「不在中に、あやかしたちがやってきたらどうするのかな、と思いまして」

「その辺の話は、詳しく話していなかったな」

なんでも、鬼門が開くのは夜のみ。つまり、昼間にあやかしたちがやってくる心配はないようだ。

説明されて気づく。そういえば、あやかしたちの活動が活発になるのは、人が寝静まる夜だということに。

「そなたは、天狐らを前にしても、あまり動じない上にあっさり受け入れたな」

「いえ、十分驚きましたが」

「今朝、私を見たときのほうが、驚いていたぞ」

天狐の式神よりも、畑仕事をする夫のほうがびっくりしてしまう。ただそう思うのは、私が妖狐だからなのかもしれないが。

ゴホンゴホンと咳払《せきばら》いし、天狐に驚かなかった理由を述べる。

「まあ、なんと言いますか、料亭で酒に酔ったお客様を相手にしてきたので、ちょっとやそっとのことでは驚かないのかもしれません」

「たしかに、酔っ払いは化け物としか言いようがないな」

その言い訳で納得してくれたようだ。内心、ホッと胸をなで下ろす。

「あやかしというのは、どのような存在《もの》がやってくるのでしょうか？」

「たいていは、暇を持て余した天邪鬼《あまのじやく》だな。あいつは、私をわざわざからかいにやってきているのだ」

「そ、そうですか」

好物のお酒と野菜を食べたら、満足して帰るのだという。

「他に、一反木綿《いったんもめん》や猫又《ねこまた》、海坊主《うみぼうず》に小豆洗《あずきあら》い、河童《かっぱ》――まあ、いろいろだ」

「そうそうたるあやかしたちが、いらっしゃっていたのですね」

「そうだ」

酔っ払いよりも、扱いやすいと言っているが……。

馬車を走らせること一時間半——辿《たど》り着いた先は、仲見世《なかみせ》通り。

寺の境内《けいだい》にある商店街であった。

この辺りに出店している店は、境内を清掃《せいそう》する代わりに商売をすることを許されているようだ。

風神像《ふうじんぞう》と雷神像《らいじんぞう》が目を光らせる、迫力ある山門をドキドキしながら通り過ぎた。

神社に比べたら、寺はまだマシだ。境内も普通に歩き回れる。連れてこられたのが寺の仲見世で、本当によかった。心の中で夫に感謝する。

仲見世の商店街は多くの人が行き交い、活気に溢《あふ》れている。

夫はスタスタと先を行くような男性《ひと》だと思っていたが、私を気遣うようにゆっくり歩いてくれた。

人通りが多くなると、はぐれるからと言って腕を貸してくれた。腕を組んで歩けというのか。あまりにも恥ずかしい気がしたものの、断る理由が思いつかなかった。

おそるおそると腕を組み、仲見世通りを歩いていく。

「瀬那、今日は何を買う?」

「食材と調味料、食器に調理器具です」

「わかった」

夫は背後を振り返り、虫明とお萩に目線で指示を出す。ふたりはこくりと頷《うなず》き、商店街を案内してくれた。

「味噌でしたら、あちらの店がいいかと」

お萩が指し示した先には、店先に味噌が入った樽《たる》が並べられている。

普段、料亭で使っているような白味噌と赤味噌を購入した。他に醬油《しょうゆ》も売っていたので、一緒に買う。それ以外に砂糖、塩、酢、日本酒に一味唐辛子《いちみとうがらし》、干し鰹《がつお》、煮干し、昆布《こんぶ》、ごま、水飴《みずあめ》――と、ひと通り調理に必要な調味料を買い集めた。何か忘れているような気がするものの、今日のところはこれくらいにしておこう。

続いて、調理器具を買い集める。金物屋には、山のように鍋《なべ》やヤカンなどが積み上げられていた。

しゃがみ込んでひとつひとつ鍋を手に取って吟味《ぎんみ》していると、腕組みして立つ夫がぼそりと呟《つぶや》く。

「どの鍋も同じに見えるのだが」

「いいえ、ひとつひとつ、特徴がぜんぜん違います！」

ご飯は土鍋で炊《た》いたほうがふっくらおいしくなるし、熱が食材に伝わりやすく、煮崩れしにくい銅の鍋は煮込み料理に最適だ。鋳鉄《ちゅうてつ》鍋は熱がじっくり伝わるので、食材が硬くなりにくい。角煮や牛すね肉の煮込みを作るのに欠かせない。不銹鋼《ふしゅうこう》鍋は焦げ付きにくく、衝撃にも強い。また錆《さ》びにくいので、お手入れも神経質にならなくてもよい。琺瑯《ほうろう》鍋は保温と保湿に優れているため、汁物を作るのにちょうどいい。

「多方面に使える鍋となると——」

「全種類、買えばよいではないか」

「いいのですか？」

「かまわん」

どれにしようか悩んでいたのに、全部買ってもらえるだなんて。

勢いよく立ち上がり、夫に感謝の気持ちを伝える。

「旦那様、ありがとうございます！　とっても嬉しいです」

まかないを作るとき、使いたい鍋が使われていたり、焦げがこびりついたまま放置されていたりと、思うような調理ができなかったのだ。これからは、好きな鍋を使える。それはとてつもなく嬉しいことである。

「私、たくさん料理を作って、誠心誠意、おもてなしをしますので！」

「……そうか」

夫の戸惑いの声を耳にして、ハッと我に返る。気づけば、私は夫の手を握った状態でいた。慌ててパッと離し、謝罪する。

「申し訳ありません。年甲斐《としがい》もなく、喜んでしまい」

「気にするな」

顔から火が噴き出ているのではと思うくらい、熱を発しているように思えた。

夫は無表情のまま、気にしているようには見えない。

私ばかり恥ずかしがっていたら、何事かと思うだろう。気を取り直して、他の調理器具を選ぶ。

結局、金物屋だけで一時間半もいたようだ。たくさん買ったからか、おたまをおまけでくれた。買った品数が多くなったので、荷車を貸してくれるという。このあと食材や食器を買うのでとてもありがたかった。

食材も目に付いた品から購入していく。

海苔《のり》や春雨《はるさめ》、お麩《ふ》に乾燥キノコなどの乾物類や、米、もち米などのごはん類、豆腐や厚揚げ、油揚げに、卵、魚や肉――あまりたくさん買っても消費しきれないので、ほどほどの量を購入する。買った食材は、虫明が曳《ひ》く荷車に積んでいった。

「あとは野菜を――」

「野菜は朝、必要な分を畑から収穫すればよいだろう」

「よろしいのですか？」

「ああ。食べきれないほど作っているから、かまわない」

「ありがとうございます」

最後に、食器を購入する。

「あやかしたちは、単独で訪れることが多いのですか？」

「基本的にはそうだな。だがたまに、ふたりで訪れる者もいる」

「なるほど。では、それぞれふたつずつ買ったほうがよさそうですね」

「ああ」

瀬戸物《せともの》屋には、各地から買い付けてきたという陶器《とうき》がずらりと並んでいた。目についたよい品を、どんどん買っていく。一通り購入したあと、店主が木箱の中に収められていた品を勧めてくれた。

「こちら、海の向こう側で作られている、磁器《じき》でございます」

それは、美しい芍薬《しゃくやく》の花が描かれた皿であった。

「こちら、指先で弾いてみてください。陶器と違って、高い音が鳴りますので」

言われた通り、爪先でピンと弾く。すると、キーンという澄んだ音が鳴った。

焼きが甘かったり、割れたりしている磁器はこの音は鳴らないという。よい品であると、主張したかったのだろう。

見れば見るほど、美しく、惚《ほ》れ惚《ぼ》れするような皿である。芍薬の絵も精緻《せいち》で、うっとり見入ってしまった。

ただ、これは高価な皿だろう。

料亭でもここまで仕立てのよい皿はなかったように思える。

「人気の品ですぐに売れてしまうんです。今日が入荷日でしたので、特別にご紹介しました。いかがでしょうか？」

「いえ、その、うちは――」

「では、それもいただこう」

思いがけない発言に、思わず夫のほうを見つめる。

高価な品だが、いいのだろうか。そんな一言さえ聞けずに、この場を去る。

このようにして、買い物は終了となる。

帝都の街並みはここ近年、急速に変わりつつある。高層の百貨店が建ち、各地に電線が引かれ、若者たちは異国の服に袖《そで》を通していた。

移動手段も人力車と馬車、路面電車に自動車が行き交っているものの、ここ最近は自動車の数がぐっと増えている。

父は誇らしげに、「この先、人力車や馬車の時代が終わって、一家に一台車を持つようになるだろう」なんて信じられないことを言っていた。

果たして、そんな時代はやってくるものなのか。なんてことを考えながら窓の外の風景を眺めていたら、よくよく見知った人物を発見してしまう。

男性と腕を組み、楽しげに歩いているのは——朝子だった。

いったい何をしているのか。

男性のほうは着流し姿で、長く艶《つや》やかな髪をひとつに結んでいた。朝子が好きそうな派手な容姿に、女性慣れしている雰囲気《ふんいき》を漂わせている。

朝子のほうばかり見ているので、顔はよく見えなかった。

「どうした?」

私がギョッとした反応を見せてしまったため、夫が不審に思ったのだろう。外の景色には興味がない様子だったのに、窓を覗《のぞ》き込む。

どうか朝子が見つかりませんようにと願ったが——。

「あそこにいるのは、そなたの妹だな」

「はあ、そう、みたいですね」

一目でバレてしまったようだ。がっくりとうな垂れる。

「一緒にいるのは、歌舞伎《かぶき》役者の寅之助《とらのすけ》か」

「寅之助って、最近、芸名を襲名した話題のあのお方ですか？」

「そうだ」

寅之助は襲名前、料亭〝花むしろ〟に連日訪れ、どんちゃん騒ぎの派手なふるまいを見せていた。

多くの女性を引き連れ、親しげな様子だったのも覚えている。私も何度か口説《くど》かれた覚えがあったが、軽くあしらっていた。

朝子に恋人がいるのは知っていたものの、まさか相手が歌舞伎役者だなんて想像もしていなかった。華族同士の男女交際ならまだしも、相手は数多《あまた》の女性と噂《うわさ》になった遊び人。父が知ったら激怒するだろう。

「同じ家で育った姉妹でも、こうも違うのだな」

「あの、なんと言いますか、妹は抑圧された環境で育ったので、その反動でああなったのだろうなと」

「抑圧された環境で育ったのは、そなたも同じではないか」

「私は、期待されていませんでしたから」

朝子は待望の娘で、父は立派な女将《おかみ》として育てるために厳しい躾《しつけ》を行っていたのだろう。

朝子は他の子どもたちが無邪気に遊ぶ様子を見て、どうして自分には自由な時間がないのかと思ったに違いない。

「私は、朝子が得るはずだったものすべてを、奪ってしまったんです」

教育も、女将の座も、結婚相手だって、朝子のためにあるものだった。それを、私はす
べて自分のものにしてしまったのだ。

反感を覚え、優しくしてくれる存在に依存するのも無理はない。

「奪った、というのはどういうことだ？」

「それは——言葉のとおりです」

いろいろ事情はあったものの、結果的に奪ってしまったのには変わりない。言い訳はし
ないでおいた。

「どうせ、狡猾《こうかつ》な妹に、面倒事を押しつけられたのだろう？」

「いいえ。そんなわけは」

「ある」

はっきり言い切られたので、あとの言葉が続かなくなってしまった。

「よかったではないか。妹のわがままから解放されて。家族というのは、日々助け合う存
在だ。都合のいいときだけ利用するものではない。もしもその状態が長く続くとしたら、

家族でもなんでもないだろう」

夫の言葉が胸にグサグサと突き刺さる。

家族関係に愛はなかったが、料亭〝花むしろ〟の皆が優しかったからさほど気にしていなかった。けれども、彼らがもっとも大事にしていたのが家族だった。

私も必要とされたい。大事にされたい。

家族は頑張ったら私を認めて、料亭〝花むしろ〟で働く人たちのように優しくしてくれるだろう。

なんて、心のどこかで考えていたのだろう。

けれども、それは間違いだった。利用されるだけ利用されて、あとは政略結婚の道具として捨てられたようなものだった。

ずっと朝子や父を家族だと思っていたが、そうではなかったようだ。

寅之助と身を寄せ合って歩く朝子の様子は、父が激しく罵《ののし》っていた母のようだった。

夫ではない若い男と手と手を取り合い、真っ昼間から遊び回っているはしたない女――。

その血が、私にも脈々《みゃくみゃく》と流れている。

いずれ私も、若い男の手を取って逃げるのだろうか。そんなことまで考えてしまった。

「そなたはこれまで、よく頑張っていたように思える」

「え？」

「真面目《まじめ》に働き、客には誠心誠意接して、若年ながらも女将として立派に働いていた。誰にでもできることではないだろう」

それはこれまで誰も口にしなかった、労《ねぎら》いの言葉であった。蓮水家に生まれた娘だから、できてあたり前。そんな環境の中で、ずっと働いてきたのだ。

料理も接客も、努力なくしてなしえなかったことである。

これまでの苦労が、夫の一言によって報われたような気がした。

喜びは、涙となって溢《あふ》れてくる。

「なぜ、泣く？」

「だ、旦那様《だんなさま》からお褒《ほ》めの言葉を賜《たまわ》り、嬉しくなったからです」

理解できない感情なのだろう。夫は眉間《みけん》に皺《しわ》を寄せて、なんとも言えない表情を浮かべていた。

「ありがとうございます。とても、嬉しかったです」

「そうか」

それから会話もないまま帰宅した。不思議と、気まずくはなかった。

帰宅早々、伊万里やお萩をはじめとする、天狐の女中と一緒に台所の整理を始める。

ずっと使っていなかったようだが、毎日掃除《そうじ》はしていたようで清潔だ。

台所は土間と床上に分かれており、調理台のみ床上にあって竈《かまど》や流しは土間にある。

床は上げ板になっており、地下に食品を保存できるようになっている。

その中のひとつは、氷を詰められた氷室《ひむろ》である。そこに魚や肉を入れておくと、腐らずに数日保管できるのだ。

週に一度、異国の地から採氷船がやってきて、港で氷の販売が行われる。料亭〝花むしろ〟でも、食品保存のために男衆が毎週買いに行っていた。

溶けかかった氷は料理長が削《けず》って、甘いシロップをかけて食べていた幼少期の記憶が甦《よみがえ》る。お客さんにも評判だったので、夏期になったら作ってみたい。

土間に薪《まき》が運ばれ、お萩が火を熾《おこ》してくれる。

さっそく、昼食を作ろう。

何を作ろうかと考えていたら、虫明が野菜を持ってきてくれた。

朝見た野菜のほかに、タケノコがあった。

「タケノコは、もしかして竹藪《たけやぶ》のほうで採れたものなの？」

「ええ、そうなんです。今の時季は、にょきにょき生えるのですよ。この辺りはすべて祁答院家の敷地なので、タケノコは採り放題なんです」

これまでお金を出して購入していたタケノコが、たくさん生えているなんて。許されるのであれば、タケノコ採りにも挑戦してみたい。

まずは、タケノコの下ゆでを開始する。まずタケノコの穂先に切り目を入れて、鍋《なべ》に水を張ってぬかひとつかみと鷹《たか》の爪《つめ》を入れて一緒に煮込む。

このままだとタケノコはえぐみがあるので、ぬかと一緒に煮込んで取り除く。鷹の爪は防腐作用や殺菌《さっきん》効果があるので、水煮の状態で保存を可能とするのだ。

強火にかけたタケノコが沸騰《ふっとう》したら火を止め、落とし蓋《ぶた》を被《かぶ》せる。

このまま一晩置いて、あくを抜く。

猛烈にタケノコご飯が食べたい気分であるものの、しばしの我慢だ。

まずご飯を炊《た》き、続いてナスの味噌汁を作る。キャベツとタマネギは焼き浸しにして、キュウリはゴマで和《あ》えた。買ってきたホタテ貝の水煮とそら豆を使い、揚《あ》げ衣にくぐらせてさっと油で揚げたらかき揚げの完成だ。

ご飯がふっくら炊き上がったので、おひつに移す。こうすると、余計な水分が飛んでおいしくなるのだ。

膳《ぜん》に食事を並べていくうちに、ぐーっとお腹が鳴った。

料理を手伝ってくれた伊万里を振り返り、質問を投げかける。

「あの、旦那様は本当に、野菜しか召し上がらないの？」

「野菜以外も、召し上がっておられますよ」

川で魚を釣って食べたり、野山で雉《きじ》を狩って庭先で食べたりすることもあるという。基本的に、自分で調達、調理した食べ物しか口にしないようだ。

「お気になさらず、どうぞ召し上がってください」

「ええ、わかったわ」

ちなみに、式神《しきがみ》である天狐も食事を摂《と》らないようだ。

どうやら人と同じように食べることが大好きなのは、あやかしだけらしい。

私は料理も好きだが、それ以上に食べることが大好きだった。

そんなわけで、遠慮《えんりょ》なくいただく。

座敷に膳を運び、たったひとりで手と手を合わせ、食事を始めた。

まずは、炊きたてのご飯から。料亭で働いていると、まず、温かいご飯というのは口にできない。食べるとしたら、おひつに残った冷えたご飯であった。

湯気がほかほか立ち上るご飯なんて、いつぶりだろうか。

つやつやのご飯を、口へ運ぶ。

ふっくらと炊き上がったご飯は、信じられないくらいおいしい。嚙《か》むとほんのり甘みもあった。続いて、味噌汁をひとくち。

ああ……と声が漏《も》れてしまう。ご飯と味噌汁だけで、贅沢《ぜいたく》なごちそうのように思ってしまった。

キュウリのゴマ和えは、冷たい井戸水にさらしていたのでシャキシャキの食感だった。

これが、ゴマの風味とよく合う。

キャベツとタマネギの焼き浸しは、信じがたいほどやわらかくて甘い。

ホタテとソラマメのかき揚げは、塩をぱっぱと振って食べる。衣はサクサク、中はほっくり。ホタテの旨《うま》みが効いていた。

どの料理も最高においしかった。夫が収穫したばかりの、新鮮な野菜のおかげだろう。

大満足の昼食となった。

午後からは、ぬか床《どこ》作りを行う。

あの野菜を漬けたら、絶対においしいはず。そんな確信もあって、せっせと作業を進めていた。

まずは、ぬかを保存する壺《つぼ》をお湯と酒で消毒し、天日干《てんぴぼ》ししておく。太陽の光に晒《さら》すのも、大事なのだ。

続いて、大きなたらいにぬか、水、塩を入れてしっかり手で混ぜる。さらに昆布《こんぶ》、干しシイタケ、茹《ゆ》で山椒《さんしょう》、鷹の爪を混ぜ合わせた。昆布と干しシイタケはぬか漬けの味わいに深みを出し、茹で山椒と鷹の爪は防腐作用がある。

乾かしていた壺にぬかを入れて、その上にくず野菜を重ねる。さらにぬかを入れて、拳でぐっぐっと押し込んで空気を抜いておく。

空気が抜けたら表面を平らにし、二日ほど冷暗所で放置する。

そのあと、くず野菜がしんなりしているようであれば、新しいくず野菜を漬けるのだ。これを四回ほど繰り返すと、野菜が漬けられるようになる。

ぬか床作りも料理長から習った。

これまでは忙しく、自分のぬか床を持つことはできなかったのだ。これからは、しっかり愛情注いでぬか床を育てたい。

料理長直伝のぬか床に、夫が作った野菜を漬けたぬか漬けを食べられる日が、とても楽しみだ。

◇◇◇

祁答院家で迎える二日目の朝――。

私は夫と畑仕事をするため頭には三角巾を巻き、木綿《もめん》の着物に前掛けを合わせた姿で外に出る。

もうすぐ日の出が始まるであろうという時間帯で、薄明かりの中を進んでいく。

夫はすでに畑にいた。昨日と同じように水干装束《すいかんしょうぞく》である。

「旦那様、おはようございます」

「おはよう」

無視されると思いきや、夫は挨拶《あいさつ》を返してくれた。

「本当に、朝から農作業をする気なのだな」

「はい。やる気は人一倍ございます」

「そうか」

今日は夏野菜の種まきをしているらしい。私は畑の雑草を抜くように言われた。

作業に夢中になっているうちに太陽が昇り、額にはうっすら汗が滲《にじ》んでいた。

夫が声をかけてくる。そろそろ畑仕事を終えるらしい。

「瀬那、これを」

夫はキュウリが五本ほど載ったかごを差し出してくる。昨日もらったキュウリを使い切っていないものの、ありがたくいただいた。まだぬか床はできていないので、塩漬けにしたり、浅漬けにしたりするのもいいだろう。

部屋に戻ると、伊万里が迎えてくれた。

「奥方様、おかえりなさいませ」

「ただいま。ねえ、見て、キュウリ、こんなに貰《もら》ったの」

「すばらしい報酬《ほうしゅう》ですね」

伊万里の言葉を聞いて気づいた。このキュウリは、私の働きに対しての給料だということに。夫は私の働きを認め、こうして見返りもくれる。そんなささいなことが、なんだか嬉しかった。

「湯浴みができるように、浴室に用意しております。よろしかったらどうぞ」

「ありがとう。ちょっと汗を掻《か》いたから、嬉しいわ」

なんでも夫も朝の畑仕事のあと、お風呂に入っているらしい。かなりのきれい好きなようだ。湯を浴びてすっきりしたあとは、朝食作りに取りかかる。

すでに、お萩がご飯を炊いてくれているようだ。昨日、私が教えた方法を、忠実に守っているようである。

ただ、竈《かまど》の火を噴くときに灰が舞ったのだろう。顔が汚れていた。服の袖《そで》で拭いてあげると、少しだけ恥ずかしそうに頰《ほお》を染める。

朝食は春キャベツの味噌汁に、だし巻き卵、キュウリのゴマ油和え、とろろ、である。

どれもおいしくいただいた。


夫は御上《おかみ》に呼び出されたため、出勤するらしい。玄関先まで見送る。

「夕方になるまでには戻る」

「かしこまりました。いってらっしゃいませ」

会釈《えしゃく》しようとしたそのとき、突然どこからともなく鈴の音が聞こえた。

「こ、これは!?」

「鬼門《きもん》が開いたのだろう」

「夜しか開かないのでは？」

「あやかしが通れるほど、完全に開くのが夜というだけだ」

この鈴の音は、祁答院家の結界《けっかい》に何かが触れたさいに鳴る音らしい。結界があったのかと、ゾッと血の気が引く。なんでも、鬼門が開いたら反応する仕組みだという。

「心配するな。太陽が沈むまで、あやかしは現世《うつしよ》に干渉できない。だから、そこまで気を張る必要はない」

ホッとしたのもつかの間のこと。目の前にはらはらとヤツデの葉が舞い落ちてきた。それを、夫は手に取る。

周囲を見渡すが、ヤツデの木などなかった。

「瀬那、今宵《こよい》、天狗《てんぐ》の兄弟がやってくる」

「へ!?」

なぜわかるのかと問いかけたら、先ほど拾ったヤツデの葉を見せてくれた。

葉の表面に、引っ掻いて書かれた文字がある。

「今宵、花嫁を見物しに訪問する。左近坊《さこんぼう》、右近坊《うこんぼう》……?」

私を見に、天狗の兄弟がやってくると!?

覚悟は決めていたつもりだったが、本当にあやかしが訪問してくるとなると落ち着かない気持ちになる。

しかも相手は天狗だ。強力なあやかしと名高いものの、神通力《じんつうりき》を持っていて山の神として敬《うやま》われる存在でもある。

中には相手の思考や能力を見抜く千里眼《せんりがん》を持つ天狗もいるという噂《うわさ》を、耳にした覚えがあった。

もしも天狗の兄弟が私の正体に気づき、花嫁は妖狐だと指摘してきたら――？

ゾッとしてしまう。

そもそも、夫は天狗がやってくるなんて一言も言っていなかったはずだ。夫の言葉を思い出す。

――暇を持て余した天邪鬼《あまのじやく》だな。あいつは、私をわざわざからかいにやってきているのだ。

――他に、一反木綿《いったんもめん》や猫又《ねこまた》、海坊主《うみぼうず》に小豆洗《あずきあら》い、河童《かっぱ》――まあ、いろいろだ。

がっくりと、肩を落とす。〝いろいろ〟の中に、天狗を含んでいたようだ。

有名どころはすべて教えてほしかった。なんて、抗議する勇気などないのだが。

「おふたりでやってくるとおっしゃっていたのが、そのご兄弟だったのですね」

「そうだな」

料亭で働いていたときも、急遽国《きゆうきよ》の重鎮《じゆうちん》がやってくることになった日もあった。それと、同じような状況だろう。

腹をくくるしかない。

私にできるのは、料理で誠心誠意おもてなしをすることだけだから。

「あの、天狗様は何を好んでいるのでしょうか？」

「主に野菜だ。肉や魚は食べないし、酒は飲まない」

「かしこまりました」

天狗はこの世へ執着した僧侶《そうりょ》が転じた姿だと言われている。そのため慈悲《じひ》の心を持ち、戒律《かいりつ》に則《のっと》って生き物を口にする行為はなるべく避けるようにしているのかもしれない。

「では、天狗様をもてなす料理を作って、待っております」

「すまない。よろしく頼む」

料理が野菜縛《しば》りとは、一回目から難易度が高い。しかも相手は、天狗の兄弟である。おいしい料理を作ったら、私になんか見向きもしないかもしれない。気合いを入れて作らなければならないだろう。

「よし、やるぞ！」

まずは、天狗の訪問を天狐の式神《しきがみ》たちに伝えておく。すると、彼らの中にも緊張が走った。なんでも、天狗は現世にほとんど現れないらしい。あやかしの中でも高位の存在であるため、扱いも難しいのだろう。

皆が不安がるので、ついつい余計な口を挟んでしまった。

「心配しなくても大丈夫！　私が料理でおもてなしをするから」

するると、皆安堵《あんど》したような表情を浮かべる。

実を言えば彼ら以上に緊張していたものの、感情を表に出さないのは女将《おかみ》業で慣れていたのだ。

必要以上に恐れ戦《おのの》いているばかりでは、天狗は不快に感じるだろう。だから、堂々と接しなければ。

虫明が一歩前に出て、物申す。

「奥方様、何かお手伝いすることはあるでしょうか？」

「そうね――」

家にある野菜だけで料理の品数を用意するのは難しいだろう。

どうしたものかと考えていたら、ピンと閃《ひらめ》く。

「そうだわ。山菜のある場所を知っているかしら？」

「山菜、ですか？」

「そう」

春は山菜の旬《しゅん》だ。きっと、天狗も山菜料理を好んでくれるだろう。

幸い、ここは自然豊かな土地。おそらく、周辺に山菜が生えているに違いない。

「でしたら、伊万里がご案内できるでしょう。旦那様《だんなさま》の命令で、たまに山菜採りをしていましたから」

伊万里が私の傍へやってきて、会釈する。

「では伊万里、案内をよろしく」

「はい、かしこまりました」

美しい着物が汚れないよう割烹着《かっぽうぎ》をまとい、かごを手に持って外に出る。

「奥方様、こちらです」

伊万里は元気よく、歩き始める。心なしか足取りは軽い。家の中にいるより、外で動き回るのが好きなのだろう。

竹林を抜けていくと、木々が生い茂り、草花が生える獣道《けものみち》に出てくる。すぐに、伊万里は山菜を発見したようだ。

「奥方様、タラの芽がございます」

いつもは芽の部分だけを商人から購入するので、こうして生えている様子を見るのは初めてである。

「タラの木には棘《とげ》があるので、注意してくださいね」

「あら、本当」

まっすぐ生えた木には、小さな棘が突き出していた。そんなタラの木の先端に生えた若芽を採る。

「山菜は、山の生き物とはんぶんこするんだって、ご主人様がいつもおっしゃっているんですよ」

「すてきな考えね」

「はい！」

具体的にどんな山の生き物たちがいるのか気になったものの、知らないほうが幸せなこともあるのだろう。黙々と、タラの芽を摘《つ》んでいく。

伊万里は次々と、山菜のある場所を教えてくれた。

「奥方様、こちらですー！」

「え、ええ」

急な勾配《こうばい》を、伊万里はサクサクと登っていく。狐の姿ならば簡単に駆け上がれるのにと思いつつ、肩で息をしながらあとを追った。

ヨモギにフキノトウ、わらびにうど、ふき、ぜんまい、ツワブキ――あっという間にかごがいっぱいになる。

「伊万里、ありがとう。これだけあったら、もう十分よ」

「承知しました！」

家に戻って、調理を開始しなければ。

◇◇◇

お客様をもてなす料理には、〝懐石《かいせき》料理〟と〝会席《かいせき》料理〟と〝本膳《ほんぜん》料理〟がある。

懐石料理というのは茶会のさいに出される料理で、茶を飲む前に提供される料理を呼ぶ。

茶会を主催する茶道家から依頼されて、仕出しとして作るのだ。

会席料理は、お酒を堪能《たんのう》するための料理と言えばいいものか。料亭で皆が食べる料理は主にこちらだ。

最後に、本膳料理。高貴な方々が特別な日に口にする儀礼食とも呼ばれ、格式高い食として伝わっている。

しだいに市井《しせい》にも伝わってきたものの、本膳料理を食べるのは冠婚葬祭などの特別な日に限定されるのだ。

今回、天狗《てんぐ》の兄弟に出す料理は会席料理だ。ただし、お酒に合うような品目ではなく、野菜メインのあっさりとした料理にしたい。

中心的な食材は、今が旬のタケノコだ。昨日、ちょうどあく抜きをしておいたので、存分に使える。

ひとまず、料理を手伝ってくれるというお萩に、タケノコの皮剝《かわむ》きとぬか抜きをお願いしておいた。

はてさて、何を作ろうか。

料理の始まりは先吸《さきす》いから。汁物を飲んで、身体《からだ》を温めてもらう目的がある。春のタケノコのおいしさを存分に感じてほしいので、お吸い物にしよう。

続いて二品目は向付《むこうづけ》で、刺身やなますを出す。ここは当然、タケノコのお刺身一択だ。

三品目は煮物。タケノコの若竹煮《わかたけに》を作る。八重桜《やえざくら》型に切ったニンジンを添えたら、皿の彩りも美しくなるだろう。

四品目の焼き物は、春野菜の包み焼きにしよう。素材の味を味わってもらえるはずだ。

五品目はお凌《しの》ぎ。野菜の一口手まり寿司を作りたい。

六品目は蒸し物で茶碗蒸《ちゃわんむ》し。七品目は揚《あ》げ物で、タラの芽の天ぷら。八品目は酢の物で、ワラビの酢味噌和《あ》え、九品目小鍋《こなべ》仕立ては山菜鍋、十品日ご飯はタケノコご飯、十一品目香の物はキュウリの浅漬け、十二品目は止め椀《わん》、春キャベツの味噌汁、最後、十三品目、水物は昨日買ってきたビワを出そう。

品数は多いものの、一品一品の量はそこまでない。きっと、最後の一皿を食べたあとに満腹となるだろう。

まずは作り置きできる品から作り、天ぷらは食事が始まってから揚げ始めるように決めた。自分で考えた会席料理を作るのは初めてだ。予行練習をしたかったが、数日前から予約して来るわけではないので仕方がない。やるしかないのだ。

お萩に加えて、伊万里やそれから他の天狐たちも手伝ってくれるというので心強い。

よし、やるぞ！　と気合いを入れてから、調理を開始する。

料理未経験の天狐たちだが、要領がよく、私の指示によく従ってくれた。

準備がある程度整ったら、身なりを整えなくてはならない。

いくら料理がおいしくても、迎える女主人がボロボロで疲れている様子だったらお客様も心から楽しめないだろう。

まずは、油の臭《にお》いが染みついた身体をお風呂で洗った。スッキリした気分で、湯からあがる。香油は匂《にお》いが強いので、塗らないでおく。接客中は、匂いをまとうのは厳禁なのだ。

着物は春らしい、柳色《やなぎいろ》の色無地をまとう。

髪の毛一本でもほつれないように、あらかじめ整髪料を馴染《なじ》ませてからお団子状に結んだ。

化粧《けしょう》はなるべく自然に、濃くなりすぎないように気をつける。

姿見で全身を確認し、問題ないようであれば台所に戻って表座敷を確認した。

掃除《そうじ》は行き届いており、塵《ちり》の一粒も落ちていなかった。

あっという間に日が暮れる。

夫は思っていたよりも早く帰宅してきた。

「ただいま戻った」

「おかえりなさいませ、旦那様」

天狗の訪問のほうが早いのではと、ドキドキしていた。だが、本当の意味で安心はできない。夫も身なりを整えないといけないから。

「旦那様、虫明が湯を用意しております。急いでご入浴を」

「わかった」

続いて台所に戻り、料理の最終確認を行う。どれも問題なく、おいしそうに仕上がっていた。タラの芽の天ぷらも、あとは衣の液に潜らせて揚げるだけの状態にしている。

ドクンドクン、とこれまでになく心臓が高鳴っていた。

あやかしのお客さんをおもてなしするために、初めて会席料理をいちから考えて作ったのだ。お口に合うかはわからない。けれども、誠心誠意ふるまうしかないだろう。

気持ちを落ち着かせるために、お萩が摘んできた菖蒲《あやめ》の花を床《とこ》の間《ま》に生ける。いつもは精神統一できるのに、気分は落ち着かないまま。まっすぐ伸びる菖蒲の花も、少し傾いているように見えた。

それを正してくれたのは、気配なく現れた夫だった。

「瀬那、酷く緊張しているようだが、心配はいらない。普段どおりに、もてなせばいいだけだ」

その一言は、不思議と私の心を落ち着かせてくれた。激しく主張していた心臓も、いつの間にか大人しくなっている。

もう大丈夫。心配いらない。

そう思って立ち上がった瞬間、朝に聞いた鈴と同じ音が鳴り響いた。

朝よりも激しい。夫がぽつりと呟《つぶや》く。

「鬼門《きもん》が完全に開いたようだな」

いつの間にか太陽は沈み、夜の帳《とばり》が下りていたようだ。

私を迎えたときのように、天狐の式神《しきがみ》がずらりと並ぶ。私も列に加わろうとしたものの、夫が袖《そで》を引いて止めてくる。

「そなたは私の隣だ」

「は、はい」

これまで、父の隣に立つことなんて許されなかった。けれども、夫は私を隣に置いてくれるという。

光栄な気持ちと、恐れ多い気持ちが同時にこみ上げてきた。

「瀬那、耳を塞《ふさ》いでいろ」

なぜ、そのようなことをするのか。問いかけようとした瞬間、夫が私の耳を塞ぐ。同時に、近くで鐘がかき鳴らされているような轟音《ごうおん》が鳴り響く。

その音は、すぐに止まった。

「な、なんなのですか？」

「これは山鳴りだ。天狗は山の神であるから、やってくると山があぁして喜びの声をあげるようだ」

「よ、喜びの声……」

続けて、カー、カーと烏《からす》の鳴き声も聞こえてくる。

「八咫烏《やたがらす》か？」

「やたがらす、ですか？」

「ああ」

八咫烏というのは神聖な山の神の使いらしい。めったに姿を現すことなく、夫が鳴き声を聞いたのは実に十年ぶりだという。

「姿を見たことは、一度もない」

「なぜ、鳴いたのでしょうか？」

「天狗が久しぶりにやってきたから、顔を見にやってきたのかもしれない」

「な、なるほど。そういうわけだったのですね」

シャンシャン、シャンシャンと澄んだ音が聞こえる。これは、鈴の音ではない。錫杖《しゃくじょう》が鳴る音である。

ついに、天狗がやってきたようだ。

祁答院家は長らく、鬼門を通ってやってきたあやかしたちを迎え、もてなしてきた。祭壇《さいだん》を作り、そこに野菜や果物、肉、魚などを並べて捧げていたらしい。

今日みたいに、料理を用意したのは初めてだという。

果たして、上手《うま》くいくものなのか。

料理はおいしくできた。それなのに、急に不安になってくる。

錫杖の音が止まり、引き戸の向こう側に大柄な男性ふたりの姿が浮かび上がる。

どうやら、天狗の兄弟がやってきたようだ。

「我ら、天狗の兄弟、右近坊、左近坊なり！」

「たのもう！」

とんでもなく大きな声で、家全体がガタガタと震えた。

雷鳴《らいめい》のような、太くてよく通る声だ。

空気が変わり、喩《たと》えようのない圧力みたいなものに襲われる。

全身鳥肌が立ち、ぞくぞくと悪寒《おかん》も感じていた。膝も、がくがくと笑っている。

天狐たちの中にはガタガタと震える者もいた。次々と化けが解け、家の奥のほうへと逃げる者もいる。

伊万里は頭からキツネの耳が生え、尻尾《しっぽ》が出ている状態だったが堪《こら》えているようだった。

駆け寄って抱きしめてあげたいが、今は天狗の兄弟を迎えなければならない。

私は――きっと大丈夫。

酔っ払ったお客さんが高級磁器《じき》を割ったときも、吐瀉物《としゃぶつ》を着物にぶちまけられたときも、男女の修羅場《しゅらば》に巻き込まれたときだって、私の化けは絶対に解けなかった。

だからきっと、天狗相手でも耐えてみせる。

夫と共に草履《ぞうり》を履《は》いて玄関に下り、扉を開いた。

まず目に飛び込んできたのは、山伏《やまぶし》がまとっているような白装束《しろしょうぞく》。

背が高くて、玄関からは胸の辺りまでしか見えていなかった。

「右近坊、左近坊、よくきた。久しいな」

「ここにやってきたのは、ついつい最近だと思っておったが」

「伊月殿がずいぶんと老けておる。もう初老になったか？」

「前にやってきたのは十年も前だ、最近ではない。ちなみにまだ、初老になっていない」

夫は顔が見えない天狗の兄弟と親しげに話しているようだったが、私は気が気でない。

額に汗が浮かび、今にも膝をついて蹲《うずくま》ってしまいそうだ。袂《たもと》に入れていた手巾を手に取り、そっと汗を拭《ぬぐ》う。

天狐らは化けを維持できず、次々といなくなっていた。残るのは、筆頭式神である虫明とお萩、それから伊万里だけである。

「そういえば、妻を迎えたようだな」

「どうれ、顔を見せてくれ」

夫は私に目配せし、共に玄関をくぐって外に出る。天狗の兄弟は、見上げるほどに大きかった。

山伏のような恰好《かっこう》をしていて、手には金と銀の錫杖を握っている。背中には、烏のような漆黒《しっこく》の翼が生えていた。

白髪頭《しらがあたま》で、ぎょろりとした大きな目に真っ赤な肌、太い枝のような鼻が突き出ている。絵巻物で見た天狗そのものの姿だ。

だが、よくよく見たら、赤い肌に長い鼻が付いた仮面を被《かぶ》っていた。素顔はその下にあるのだろう。

「右近坊、左近坊、妻の瀬那だ」

「はじめてお目にかかります。瀬那と申します」

全身震えが止まらない中、深々と頭を下げる。

どう反応するのか。バクバクと、心臓が激しく脈打っていた。

びゅう、と強い風が吹く。

倒れそうになったものの、夫が腰を支えてくれた。

顔を上げると、天狗の兄弟はわなわなと震えているのに気づく。

「おお、なんたる邪悪な気！」

「伊月殿、この娘は不吉である！」

バレた！

私を支える夫を振り切って、この場から逃げ出したくなる。

けれども、それはできない。

私は祁答院家に嫁《とつ》いだ身だ。最期まで、凛《りん》としていなければ。

「何を言っている？」

「伊月殿、気づいておらぬのか？」

「かの者の、全身に漂う、黒い靄《もや》に」

邪気――それはあやかしの力の源《みなもと》と言えばいいものか。邪気が多ければ多いほど、強力なあやかしであると言われている。

私もあやかしのはしくれだ。ほんのわずかだだが、邪気をまとっているのだろう。

「右近坊、左近坊、人というのは多かれ少なかれ、邪気をまとう生き物だ。別に、おかしなことではない」

そう、邪気は人から生み出される。そのため、強くなりたいあやかしは、人を襲ってその血肉を喰らうのだ。

私の生家である蓮水《はすみ》家は、そんなことなどしない。人間相手にお金儲《もう》けをし、共存共栄を目指す一族である。

「瀬那の場合は特殊だ。彼女は妾《めかけ》の娘で、家族から虐《しいた》げられるような環境に身を置き、人並み以上に働いていた。そのため、邪気を溜め込んでいたのだろう」

驚いた。まさか、夫が私を庇《かば》ってくれるなんて。

私が妖狐であると、気づいていないのだろうか？

たしかに、蓮水家の妖狐の化けは完璧《かんぺき》で、本物の人のようだと言われていたが。

「何故、そのような娘を……？」

「祁答院家のご当主たる者が娶《めと》った……？」

夫が物申しても、天狗《てんぐ》の兄弟は納得していない様子だった。

それも無理はないだろう。私は正真正銘《しょうしんしょうめい》、妖狐なのだから。

「邪気を開放してみようか」

「真の姿を、見せてもらおう」

天狗の兄弟が錫杖を地面に叩きつける。すると地鳴りが響き、ぐらぐらと地面が揺れる。

青空が広がる空は、あっという間に黒い雲に覆《おお》われてしまった。

稲光がチカチカと雲の中で光る。

もう一度、天狗の兄弟は錫杖で地面を叩いた。

「ああっ!!」

私の中にある邪気が、ふつふつと茹《ゆ》だっていくようだった。立っていられずに、膝の力ががくんと抜ける。

そのまま倒れず、夫がしっかりと支えてくれた。ゆっくりと、地面に座らせてくれる。

夫は力強く私を抱き寄せつつ、懐《ふところ》から何かを取り出す。それは、呪符《じゅふ》であった。

「これ以上妻を愚弄《ぐろう》するならば、私はそなたらを敵と見做《みな》す！」

まさか、夫が私側につくとは。

それは絶対にしてはいけない。天狗の兄弟が言うとおり、私は邪悪な気をまとう妖狐なのだから。

「旦那様《だんなさま》、なりません。どうか私を捨て置き、天狗様のおもてなしを」

「何を言っている？　私は、誰がなんと言おうと、そなたを守る」

「なぜ――？」

そこまでしてくれるのか。まったくわからない。

天狗の兄弟も、夫も、どちらも引かなかった。ならば、私が――。

行動を起こそうとした瞬間、鳥の鳴き声が聞こえた。

空を飛ぶ白い鳥が見える。スーッと飛んでいくと雲が割れ、月が顔を覗《のぞ》かせた。

月の光を浴びると、邪気が鎮まっていく。

は――、と深く長い安堵《あんど》の息をはきだした。

雨雲はあっという間になくなり、空は澄みきる。

カー、カーと鳴く声は、先ほど耳にした八咫烏のものである。

「白い、八咫烏？」

私の呟《つぶや》きに、夫が微《かす》かに頷《うなず》いた。

「む？　あやつは」

「五百年ぶりに、姿を見たな」

複数存在する八咫烏の中でも、白い個体は特別なもののようだ。

天狗の兄弟が手を差し伸べると、地上のほうへと降りてくる。

旋回するように低く飛び、こちらへ飛んできた。

天狗の兄弟が伸ばした手に留まると思いきや、なぜかこちらへやってくる。

「え⁉」

「む？」

「おお？」

最終的に、白い八咫烏は私の肩に降り立ち、頬《ほお》にすり寄ってきたのだ。

「むう、どういうことなのだ⁉」

「八咫烏が姿を現すことでさえ、極めて珍しいというのに！」

通常、八咫烏はこのように姿を現すことはないらしい。

夫も、驚いた表情を浮かべていた。

神の使いとも言われる八咫烏は、その辺にいる烏とは姿形が異なっていた。

まず、大きい。鷹と同じくらいあるのではないか。けれども、肩に乗っていても重さは感じなかった。

さらに、脚が三本ある。瞳は以前見かけた青玉のように澄んだ青色だ。

加えてこの八咫烏は純白の羽根を持っていた。神聖な雰囲気《ふんいき》を、これでもかと感じる。

八咫烏はつぶらな瞳で私を見上げ、きゅうきゅうと甘えるように鳴いていた。

「もしかして、お腹が空いているの？」

問いかけると、そうだとばかりに「カー！」と元気よく鳴いた。

「ならば、食事の時間としよう」

夫が宣言し、私を八咫烏ごと横抱きにして立ち上がる。

「きゃあ！」

「大人しくしていろ」

「は、はい」

夫は天狗の兄弟を見て、家の中へと誘う。

「右近坊、左近坊、瀬那がそなたらのために料理を作った。食べていくといい」

「料理だと？」

「我々に？」

「そうだ」

それっきり、夫は踵《きびす》を返し私を横抱きにしたまま家の中へと入っていく。八咫烏は逃げずに、私のお腹へと跳び乗った。そのまま表座敷へ辿《たど》り着く。夫は私を座布団の上に優しく降ろし、自身も隣に腰を下ろした。

八咫烏は私の膝の上に、ちょこんと着地する。

天狗の兄弟もあとに続いてやってきた。

大きな身体《からだ》を縮こませるようにして、座布団へ座る。

夫が手を上げると、料理を持った虫明とお萩がやってきた。

膳《ぜん》に置かれた料理を、天狗の兄弟は不思議そうに見下ろしている。

「瀬那、料理の説明を」

「は、はい」

最初に運ばれてきたのは先吸い。温かい食べ物で胃を温め、周囲の血行を促して胃の働きを助ける効果があるのだ。

「そちらは祁答院《たんのう》家の敷地で採れたタケノコで作った、お吸い物でございます。どうぞ、春の味覚をご堪能ください」

天狗の兄弟は大きな手で、椀《わん》の蓋《ふた》を開く。その手つきは、幼い少女が花を摘《つ》む様子に似ていた。

「伊月殿よ、なぜ、いつものように供物《くもつ》ではないのだ？」

「このように、人間が口にする料理を出されたのは初めてだ」

「それは瀬那が考えたことだ。料理こそ最上のもてなしだと言うのでな」

天狗の兄弟の視線が集まる。先ほどみたいに悪寒《おかん》を感じることはなかったが、なんとも落ち着かない気持ちになった。

「冷めないうちに食べろ」

「ふむ、そうだな」

「いただこう」

天狗の兄弟は後頭部で結んだ仮面の紐に手をかける。

さすがに、食事のときは外すようだ。

仮面を被《かぶ》った姿は恐ろしかった。その下には、どんな顔が隠れているのか。

天狗の仮面が畳《たたみ》の上に置かれる。彼らの素顔は、天狗の仮面そっくりの強面《こわもて》。どうやら、仮面は自分たちの顔に似せて作った品だったようだ。

天狗の兄弟はおそるおそるといった手つきで椀を持ち、一口飲む。すると、同時にカッと目を見開いた。

「な、なんだこれは!!」

「う、うまいぞ!!」

それから無言で食べ進める。あっという間に椀は空《から》となったようだ。

料理は次々と運ばれる。

どの料理も嫌うことなく、パクパク食べておいしいと感想を述べてくれた。

お口に合ったようで、ホッと胸をなで下ろす。

タケノコご飯が運ばれたさいには、八咫烏の前にも膳が置かれた。

八咫烏は嬉しそうに「カー!」と鳴いて、私の膝から膳へと飛び移る。

嬉しそうに、タケノコご飯を嘴《くちばし》で突《つつ》いていた。

天狗《てんぐ》の兄弟は特にタケノコご飯を気に入ったようだ。おひつの中にあるものを食べ尽くす勢いで、おかわりを繰り返していた。

「伊月殿、この飯はとくにうまいぞ!」

「味わったか?」

「いいや」

「ならば、食べてみろ!」

「どれ、おにぎりにしてやろうか」

天狗の左近坊と呼ばれたほうが大きな手でタケノコご飯を握り、俵《たわら》型のおにぎりを仕上げる。それを、夫のもとへと持ってきた。

「ほうれ」

「味わうとよい」

差し出されたおにぎりを前に、夫は戸惑っているようだった。

毒殺事件以来、夫は他人が作った料理を口にしていない。毒だけでなく、中に込められた悪意にさらされ、何日も寝込んでしまったのだ。

「あの、夫は」

「いただこう」

何を思ったのか、夫はおにぎりを受け取った。そして、それを口へと運んでいく。

もぐ、もぐとしっかり噛《か》んで――。

「おいしい」

ポツリと、独り言のように感想を口にした。

信じられないのだが、夫はタケノコご飯のおにぎりを完食してしまう。

指先に付いた米粒までも、しっかり食べていた。

天狗の兄弟は満足げにこくこくと頷いている。

具合を悪くしている様子は見られない。実に、平然としていた。

ただ、私の料理を夫が食べ、おいしいと言っただけなのに、どうしようもなく嬉しく思ってしまった。


それからというもの、天狗の兄弟は酒を一滴も飲んでいないのに上機嫌で、最終的には踊り出す始末であった。

その様子を、夫は遠い目で見つめていた。

どんちゃん騒ぎは続き、夜明け前にお開きとなる。

天狗の兄弟は笑みを浮かべ、料理はおいしかったと嬉しい感想を伝えてくれた。

「このように楽しい夜は久々だった」

「感謝するぞ」

満足したというので、天狗の兄弟はそのまま幽世《かくりよ》に戻るという。

玄関先まで夫と共に見送った。八咫烏も、私の肩に乗ってついてくる。

「これを、細君に」

「天狗の羽団扇《はうちわ》だ」

それは羽根を使ってヤツデの葉を模した団扇であった。なんでも、八咫烏の抜けた羽根で作った貴重な品らしい。

「これを左右に振ると、多くの客を招くことができる」

「これを上下に振ると、邪を祓《はら》うことができる」

大変縁起《えんぎ》がよい品らしい。もてなしの礼として、私にくれるという。

このような品物を、受け取ってもいいものなのか。

夫のほうを見ると、こくりと頷いていた。どうやら問題ないらしい。

「あの、ありがとうございます」

天狗の兄弟は満足げな様子で微笑《ほほえ》んでいる。出会った当初に感じた恐怖は、もはや消えてなくなっていた。不思議なものである。

「八咫烏も、細君を気に入ったようだな」

「このように、個人に入れ込むのは初めてみたぞ」

そうなのだ。この白い八咫烏、先ほどからずっと私の傍にいて離れない。

天狗の兄弟が帰ろうとしても、飛び立とうとしなかった。

もしかしたら、天狗が幽世へ戻るまで、私のもとへいてくれるのかもしれない。

「では、帰ろうか」

「ああ、そうだな」

再び、祁答院家の結界《けっかい》に触れる鈴の音が鳴り響く。

鬼門《きもん》が再び開こうとしているのだろう。

「では、然様《さよう》ならば」

「これにて御免《ごめん》」

強い風が吹き、目を閉じる。その一瞬の間に、天狗の兄弟は姿を消した。

「嵐が去ったな」

「ええ」

なんとか、天狗の兄弟をもてなすことに成功した。ホッと胸をなで下ろそうとしたら、夫の視線に気づく。

目線の先にいたのは、私の肩に留まったままの八咫烏であった。

「その八咫烏、瀬那から離れないな」

「あ、えっと、そうみたいですね。重さがないので、すっかり失念しておりましたが」

天狗の兄弟が帰って尚、八咫烏は私の傍にいた。夫が八咫烏に問いかける。

「八咫烏よ、しばらく瀬那の傍にいるのか？」

すると、八咫烏は「カー！」と鳴いて答える。もちろんそのつもりだと、言っているように聞こえた。

「八咫烏が懐いて傍を離れず、天狗から羽団扇を贈られるなど、前代未聞だな」

「そう、なのですね」

　祁答院家の陰陽師はこれまであやかしらを退治せず、供物《くもつ》を捧げてそのまま幽世へと帰していた。時には無理矢理鬼門まで連れていき、強制的に帰らせる手段を取ることもあったという。

「今日みたいに、大喜びであやかしが鬼門へ戻っていくという事態は、初めてだった。瀬那、そなたはすばらしい働きを見せてくれた。心から感謝する」

　夫は驚きの行動に出る。頭を深々と下げ、私に感謝の気持ちを伝えてきたのだ。

「あの、旦那様《だんなさま》、頭を上げてくださいませ！　私は、いつもどおりのおもてなしをしただけですので」

「女主人を務めつつ、料理もするなどこれまでしたことがなかっただろうが」

「それは、そうですが」

「ならば、私は最大限の感謝をしなければならない」

　夫は私が料理の献立《こんだて》を考えただけでなく、山菜まで採りにいったことも把握《はあく》していた。

　きっと、虫明が報告していたのだろう。

「私の勘は間違っていなかった。瀬那、そなたを妻にして、本当によかった」

「もったいないお言葉でございます」

これまで、こんなにも働きを認めてくれる人はいなかっただろう。料理長でさえ、「よくやった」という一言が最大の賛辞だった。

「瀬那、そなたに褒美《ほうび》を与えたい。何か欲しい物はあるだろうか?」

「いいえ、特には――あ!」

ピンと閃《ひらめ》く。その望みを、そのまま願った。

「私の作った料理を、旦那様に毎日召し上がっていただきたいです。その、ご負担でなければなのですが」

大層なわがままだっただろうか。夫のほうをちらりと見る。目を丸くして驚いているようだった。

「私のために毎日料理をするなど、そなたにとって負担でしかないのでは?」

「いいえ、まったく。前にも申しましたが、料理は私にとって、呼吸のように当たり前に行うものですので」

「そうか。負担でないのならば、ぜひとも頼む」

「よろしいのですか?」

「ああ」

夫は私の願いを叶えてくれるらしい。

自分だけ食べるというのは、罪悪感に襲われていたのだ。夫と一緒に食べられるのならば、後ろめたさなどを覚えずに済むだろう。

「私に料理を作りたいだなんて、そなたは変わった娘だ」

「そうなのかもしれません」

変わり者扱いでもいい。夫が三食きちんと食事をしてくれるのならば。

「一晩中起きていたので、疲れただろう？」

「いいえ、むしろ目が冴えています」

だから、畑仕事でもして身体《からだ》を疲れさせようか。そんな計画を語ると、夫は呆《あき》れた目で見てくる。

「これから畑に行こうと考えていたのは、私だけだと思っていた」

「奇遇ですね。私もだったんです」

その後、夜が明ける。私と夫は太陽の光を浴びつつ、畑仕事を開始した。

八咫烏はもちろん、私から一秒たりとも離れなかった。

「あの旦那様。こちらの八咫烏は、どうして私に懐いているのでしょうか？」

「そなたの善良さを、見抜いているのだろう」

「はあ、そうですか」

なんだかしっくりこない理由である。

小首を傾《かし》げていたら、夫はさらに付け加えてくれた。

「八咫烏は普段、さまざまな姿に転じて人を見守っているらしい。そのさいに、そなたを見て気に入ったのかもしれないな」

「そうなのですね」

それは人の姿だったり、虫の姿だったり、はたまた猫や犬の姿だったり。変化の術は化けを得意とするあやかし並みの精巧さだという。

夫の「化けを得意とするあやかし」発言に、ドキッとする。この話題は、ここら辺で止めておこう。

休憩していたら、虫明と伊万里、それからお萩がやってくる。

虫明の手には鍋《なべ》が、伊万里の手にはかごが、お萩は筒《つつ》状に丸めた敷物とヤカンを手にしていた。

「虫明、伊万里、お萩、いったいどうした？」

「小腹が空いているかもしれないと思い、余ったタケノコご飯と温めたお吸い物を持って参りました」

たしかに、お腹がペコペコである。今は朝食を食べているような時間帯だった。

お萩が素早く畑の近くに敷物を広げ、ヤカンのお茶を注いでくれる。虫明と伊万里は、食事の準備をしてくれた。

「では、ごゆっくりどうぞ」

夫のほうを見ると、こくりと頷《うなず》いていた。どうやら、朝食を食べてくれるらしい。

井戸で手を洗い、敷物の上に腰を下ろす。

夫は手と手を合わせ、「いただきます」と言ってから、お吸い物を一口。その横顔を横目で観察する。何やらハッとしたあと、もう一口飲んでいた。

「これは、なんだ!?」

「タケノコのお吸い物ですが」

「知っている！　どうしてこのようにおいしいのかと、問いかけているのだ」

どうしてと聞かれても、昆布《こんぶ》とカツオの合わせだしのおかげとしか言いようがない。お口に合ったようで、何よりである。

八咫烏も私の肩から敷物へ降り立ち、おにぎりを食べたいと主張するようにカーカー鳴いていた。ひとつ皿に取り分けると、嬉しそうに突《つつ》き始める。

それから私と夫は無言で食べ続けた。おにぎりとお吸い物をぺろりと食べてしまう。

「瀬那、そなたの料理は本当に不思議だ」

「不思議、ですか？」

「ああ」

夫は料理にこめられた感情を読み取ってしまうほど、繊細《せんさい》な感覚の持ち主である。そんな彼が不思議と称した料理は、果たしていいものなのか、悪いものなのか。

「そなたの料理を食べると、不思議と満たされた気持ちになる」

「とても、光栄です」

嫌な感情は交ざっていないと聞かされ、ホッと胸をなで下ろした。

畑仕事と朝食を終えて部屋に戻ると、八咫烏はスイーッと低空飛行し、座布団の上に着地する。

羽を広げて休む姿は、覚えがあった。

「あなた、もしかして庭にいた泥だらけの雀《すずめ》!?」

八咫烏は顔を上げ、そうだと言わんばかりに「カー！」と鳴いた。

夫が話していたのだ。八咫烏はさまざまな姿に転じ、人の世に紛《まぎ》れ込んでいると。

「私があなたに水をあげたから、助けてくれたのね」

八咫烏の頭を撫《な》でると、心地よさそうに目を細める。

今日は八咫烏のおかげで、本当に助かった。あのとき八咫烏がやってこなければ、天狗《てんぐ》の兄弟と打ち解けられなかっただろう。

善き行いはさらなる善き行いを引き寄せるものだと、ひしひし痛感したのだった。

第三章　妖狐夫人はあやかしをもてなす

妖狐《ようこ》の一族、蓮水《はすみ》家当主の妾《めかけ》の子である私は、陰陽師《おんみようじ》であり祁答院《けどういん》家の当主でもある祁答院伊月《いつき》と結婚した。

夫は私が妖狐であることを見破り、化けの皮をはぐために妻として娶《めと》ったものだと思っていた。

けれども、彼は私が思っているような陰陽師ではなかった。

通常、陰陽師はあやかしを敵とみなし、問答無用で退治する。

力を持たないあやかしらは陰陽師を恐れ、決して近寄らなかった。

一方で、祁答院家は他の陰陽師と異なる方法で、あやかしに接していた。

帝都いちの鬼門《きもん》の近くに屋敷を構え、幽世《かくりよ》からやってくるあやかしをもてなし、人里へ行かないように足止めしていたのだ。

あやかしと戦って敗れ、帰らぬ者となった陰陽師の数は少なくない。

さらに、人の手では御《ぎょ》しきれない強力な呪術を使い、命を落とす者もあとを絶たなかったらしい。

それらを考えると、祁答院家が続けていたあやかしをもてなして満足させ、幽世へ帰すという方法は実に平和的な解決方法であった。

話を聞いていると、夫はあやかしを退治したことは一度もないという。

すべて、幽世に送り返していたようだ。

妖狐である私を妻にと陰陽師である夫が望んだのは、偶然だったのかもしれない。

けれども私が妖狐だと判明したら、夫がどういう行動に出るかはまったく想像が付かなかった。

殺されなくとも幽世へ閉じ込められてしまったら、私は生きていけないだろう。

永遠に変わらない世界なんて、私には無理だ。

人生は変化があるからこそ、楽しいものだから。

そんなわけで、私は夫を警戒しつつ暮らしている。

この先どうなるかは、ひとまず考えないようにしておこう。

◇◇◇

春はあっという間に過ぎ去り、雨がしとしと降り続ける季節を迎えていた。

庭には紫陽花《あじさい》の花が咲き、いたる場所でかたつむりを見かけるようになる。

天狗の兄弟訪問から半月以上経ったが、八咫烏《やたがらす》は私の傍に居続けた。今日も、座布団の上に羽を広げて眠っている。神の使いで、神聖な存在だというが、この姿を見たら本当なのかと疑ってしまう。

朝食をお腹いっぱい食べ、満足した状態で眠っているのだろう。幸せそうな寝顔を見ていると、癒《いや》される。

八咫烏は私だけでなく、夫にとっても清涼剤のような存在であった。

天狗の兄弟の訪問後は、さまざまなあやかしがやってきた。

そのたびに、夫と私は満足してもらえるまでもてなす。

これまで春の会席《かいせき》料理を提供していたが、これからは初夏の料理を考えなければならないだろう。そろそろ、祁答院家の周辺に生えるタケノコも食べ尽くしてしまいそうだから。

初夏の食材といえば、鯵《あじ》だろうか。今の時季は脂《あぶら》が乗っていてとてもおいしい。

しらすも、今の季節は欠かせないだろう。

そういえば、夫が近くの川で魚を釣って食べていたと伊万里《いまり》が話していたような気がする。今ならば、鮎《あゆ》だろうか。塩を振って皮がパリパリになるまで焼いたらおいしいだろう。表座敷には囲炉裏《いろり》もある。肌寒い夜ならば、串焼きにしたものを焼いて提供してもいいのかもしれない。

初夏の会席料理は魚を中心に献立《こんだて》を作ろう。そう決定したところで、夫から呼び出しがかかった。

伊万里が遠慮《えんりょ》がちに、声をかけてくる。

「あの、奥方様。ご主人様が今、お時間は大丈夫かとおっしゃっているのですが」

「ええ、もちろん」

夫が私を呼び出すなど珍しい。いったいなんの用事なのか。

すぐさま座敷のほうへと移動する。立ち上がると、これまで熟睡していた八咫烏が目をパチっと開き、私の肩へと跳び乗った。

広い部屋の中で、夫は背筋を伸ばし正座をして待っていた。

「旦那様《だんなさま》、お待たせいたしました」

「ああ」

夫は座布団へ腰を下ろすよう、目配せする。

「今日、御上《おかみ》の使いがこれを持ってきた」

差し出されたのは、国の象徴が印刷された封筒である。

「こちらは、いったい――？」

「御上が主催する、夜会への招待状だ」

夜会というのは、異国風の宴会である。

服装は着物ではなく異国から伝わった〝ドレス〟をまとって参加するのが決まりらしい。

「も、もしや、これに私も参加するというのですか？」

問いかけに対し、夫は深々と頷いた。なんてことかと、私は天井を仰《あお》ぎ見る。


帝都には異国の文化を取り入れた、瀟洒《しょうしゃ》な建築物がいくつかある。

中心地にある百貨店に、演劇を鑑賞する劇場、異国の客を招く迎賓館《げいひんかん》など。その中でもっとも美しいとされているのが、夜会を行う目的で造られた黎明館《れいめいかん》である。

白亜の煉瓦《れんが》を積み、青い屋根瓦《やねがわら》を敷き詰めた、ため息をつくほど壮麗《そうれい》な建築物だという。

「夜会に参加した経験はあるか？」

「いいえ、ございません」

料亭の仕事は夜が本番だ。夜会になんて行けるわけがない。そもそも妾の娘である私に、招待状なんかが届くわけがない。わかりきっていたことだ。

黎明館になど足を踏み入れる日なんぞ訪れないだろうと思っていた。しかしながら、祁答院家のご当主様と結婚したばかりに、御上から直々に招かれてしまう。

「父と朝子《あさこ》であれば、何度か参加していたのですが」

「なるほど。実を言えば、私も黎明館の夜会に参加したことはない」

「そうなのですか？」

「ああ。人の多い場所はいささか苦手で、これまでずっと避けてきたのだ」

夫の口からはっきりと「苦手」という言葉がでてきたので驚く。

仕事も社交も顔色ひとつ変えずに、なんでもそつなくこなす男性《ひと》だと思っていたから。

「今回は御上からのご招待なので、断るわけにはいかないのですね」

「いいや、そなたが嫌だと言うのであれば、断ろうと思っている」

「え!?」

「これは御上の思いつきで開催される夜会ゆえ、正式行事ではない」

「は、はあ」

この夜会に参加しなかったからといって、顰蹙《ひんしゅく》を買うわけでも、家の評価が落ちるわけでもない、と夫は言葉を付け加える。

「あの、お恥ずかしい話なのですが、実を言えば、異国のドレスに袖《そで》を通したことがなく。ふるまいなど、見苦しいことになるかと思うのですが」

「別に恥ずかしい話ではない。夜会までに慣れたらよいだけではないか？」

着物よりは動きやすいだろうと夫は言うが……。

「そもそも、ドレスを持っていないのです」

「花嫁道具の中に用意していたはずだ」

「そうなのですか!?」

どこに何があるのかと一通り確認していたのだが、ドレスは見かけなかった。いったいどこにあったのかと首を傾《かし》げる。

傍にいた伊万里を振り返り、ドレスの所在について問いかけた。

「ドレスは、離れの衣装部屋にございます」

「は、離れ？」

「はい。異国風の家具をあつらえた特別なお部屋で、ドレス姿でも寛《くつろ》げるようになっております」

そんな部屋があったなんて知らなかった。頭が痛くなり、思わずこめかみを揉《も》みほぐす。

「あの、旦那様。離れについて、何も聞いていなかったのですが」

「話していたつもりだった。すまない」

謝られてしまったら、それ以上何も言えなくなる。

なんでも、夜会の招待を受けることを想定し、ドレスを用意していたようだ。

「離れについては、最近異国文化が華族女性の間で流行《はや》っていると聞き、急ごしらえだが造らせたのだ」

「は、はあ」

なぜ夫はそこまでしてくれたのか、最大の謎である。私に対して恩があるわけではないし……。

もしや、知らぬ間に深い接点を築いていたというのか？

考えてもわからないので、思い切って聞くしかないだろう。

「あの、以前から気になっていたことを、お聞きしてもいいでしょうか？」

「ああ、構わない」

「旦那様は以前、料亭〝花《はな》むしろ〟で私から接客を受けたとおっしゃっていましたが、いったいいつ頃だったのでしょうか？」

夫は変装し、悪巧《わるだく》みの温床《おんしょう》である料亭に潜入調査に来ていたと話していた。詳しい任務についてはは話せないだろうが、だいたいの時期くらいならば言えるだろう。

「初めてそなたを見かけたのは、三年以上も前だったか――」

それは今と同じ、梅雨《つゆ》の季節だったらしい。夫は変装し、酒の席に参加していた。

ただ、大量に運ばれる酒にうんざりしていたという。

「なぜ、この世は酒を酌《く》み交わして交流を図るのか、私には理解できなかった」

それに関しては、私も同感である。

酒を飲んだ状態で話をしてもはっきり覚えていなかったり、呂律《ろれつ》が回らなくなったりと、会話や交流をするには困難な状態になる可能性が高い。

わかっていても、人は酒を囲んだ席で親交を深めたがる。

「しらふの状態で話したほうが、互いの理解は深まるというのに」

「私もまったく同じ考えです」

そう答えると、夫は嬉しそうに淡い微笑《ほほえ》みを浮かべる。

不意打ちの笑みは反則である。

普段、無表情であることが多いので、破壊力が抜群《ばつぐん》なのだ。

「そもそも、私は酒が飲めない」

「では、三献《さんこん》の儀のときは、無理をされていたのですか?」

「結婚に必要な儀式だと思って、我慢した」

思い返してみると、たしかに夫の顔は赤く染まっていた。まさか飲めない人だったなんて……。

「事前におっしゃっていただけたら、水にすることもできたのですよ」

「いや、それはできない。あれは、夫婦となるための通過儀礼だから」

「それはそうですけれど、無理はよくないと思います」

夫は笑みを深めながら言葉を付け加える。

「私はそなたのそういうところを見初《みそ》め、妻にと望んだ」

「そういうところ、ですか？」

「ああ、そうだ」

こちらが聞かずとも、夫は私との出会いについて詳しく語り始める。

「あれは、霧雨《きりさめ》の晩だった。酒の席は大いに盛り上がり、ひっきりなしに酒が運びこまれていた」

酒を飲めない夫からしたら、地獄のような集まりだろう。一生懸命飲み干しても、まだまだ飲めと膳《ぜん》に置かれた熱燗《あつかん》を注がれてしまう。

どうしたものかと、困り果てていたらしい。

「一本目で、私の身体《からだ》はすでに限界を訴えていた。二本目が運ばれた瞬間、終わったと思っていたが――驚くことに、三本目の徳利《とっくり》に注がれていたのは、無味無臭《むみむしゅう》の白湯《さゆ》だったのだ。それを運んできたのは、そなただ」

「あ――！」

当時の記憶はないものの、酒が苦手なお客さんには、白湯に替えたものをこっそり出していたのだ。その中のひとりが夫だったらしい。

「酒が苦手だと気づき、周囲にばれないよう出してくれたのだろう？」

「ええ、まあ」

「深く、感謝している」

酒から白湯に替わったのは、その一回きりではなかったらしい。それから何度か、夫は料亭〝花むしろ〟に潜入調査をしていたようだ。

「それぞれ姿、形が異なる変装だったが、そなたは酒が進んでいない様子に即座に気づき、白湯に替えてくれた。ここの若女将《わかおかみ》は客をよく観察し、もてなしてくれる。すばらしい店だと、評価していた」

結婚しなければならない事態に直面したとき、夫はすぐに私がいいと思ったらしい。

「花嫁道具の数々は、当時の感謝の気持ちでもある。だから、どうか受け取ってほしい」

夫の言葉に、私は頷《うなず》いたのだった。

話はこれで終わりと思いきや、そうではなかった。

夫はもう一通の手紙を私に見せてくれた。

「これは——」

「瀬那《せな》、そなたの実家からだ」

差出人は父であった。まさか、夫に手紙を送っていたなんて。

三つ指をついて、深々と頭を下げる。

「旦那様《だんなさま》、申し訳ありませんでした」

「なぜ、謝る？」

「おそらく、父に返事を出さなかったので、私ではなく旦那様のほうに手紙を書いたのだと思います」

「そうだったのか」

結婚後、父から手紙が届くようになった。内容は最低最悪の一言。

祁答院家の秘密——帳簿《ちょうぼ》の中身や、秘伝の呪術、陰陽術などの情報を寄越せだとか、夫の弱点を暴けとか、私に密偵のようなことを強要するものだったのだ。

当然、祁答院家に嫁《とつ》いだからには、情報を外に漏《も》らすわけがない。それがたとえ実の父親でも。

父から手紙が届くと毎回内容を斜め読みし、台所の火に焼《く》べていた。

あまりにもしつこいので、ここ最近の手紙は読まずに燃やしていたくらいだ。

これまで一度も返事を送ったことなどない。まさか、私が返事を書かないからと夫に手紙を書いていたなんて。

「なるほど。そういうわけだったのか」

「あの、手紙にはなんと書いてあったのでしょうか?」

「夫婦揃って、蓮水家に遊びにきたらどうかとあった。近況を聞きたいとも」

その言葉に、深いため息をついてしまう。

「まあ、正直に言えば、そなたを心配してこのように言っているのではないのだろう」

「それは、そうですね」

夫は結婚前に実家について調査している。父が私に対して愛情がなく、蓮水家の利益を目的として嫁がせたことを知っていた。

だから、届いた手紙を白々しく思っていたに違いない。

「瀬那、一度、ふたりで訪問してみてはどうだろうか?」

「いいえ、必要ありません」

「必要だろう」

私だけならばまだしも夫までも呼び出して、何を探るつもりなのだろうか。目論見《もくろみ》がわからない以上、父の言葉どおりに行動を起こしたくない。

「どうしても実家に行ったほうがよいというのならば、私ひとりで十分だと思います。旦那様まで足を運ぶ必要はないかと」

「ふたりで行くからこそ、意味があるのだろう」

「意味、というのはなんでしょう？」

「夫婦関係が円満であるというのを、見せる必要があるだろうが」

「え、円満な夫婦関係!?」

どこが!?　と続きそうになった口を急いで押さえた。

「なぜ、そのように驚く？」

「想定外のお言葉でしたので」

「円満だろうが」

「ええ、まあ……」

思わず、明後日《あさって》の方向を見てしまう。

夫婦仲は夫の言うとおり円満と言えば円満だろう。思いのほか、私たちは上手《うま》い具合に共同生活を送っている。

しかし今でも寝所は別で、夫は言葉数が少ないので趣味すら知らない。

一線引いた関係のように思える。

「もしかしたら、蓮水家はたいへんな事態になっているのかもしれない」

「たいへん、というと？」

「噂《うわさ》で聞いたのだ。料亭〝花むしろ〟の接客の質が、最近落ちていると」

思い当たる理由は多いにあった。

まずは私の不在により、新しい女将役を立てる必要がある。

現在蓮水家で女将ができる者といえば、朝子しかいない。

父に命じられ、しぶしぶ女将として〝花むしろ〟に立っていたとしたら――。

結果は想像したくないが、夫から「接客の質が、最近落ちている」と聞いてしまったばかりだ。

ここ最近、頻繁《ひんぱん》に届いていた手紙は、〝花むしろ〟の危機を伝える内容だったのかもしれない。

「もう二度と、瀬那、そなたをいいように利用させたりはしない。何も心配はいらないから、一緒に行こう」

「はい」

実家になんて行きたくなかったのに、気づいたら返事をしていた。

◇◇◇

実家に足を運ぶ日を明日に迎える。大変憂鬱《ゆううつ》だった。

父から手紙が届かなくなったものの、それはそれで恐ろしい。

何も持たないで行ったら文句を言われそうなので、お菓子でも作ろうかと台所に立つ。

ここ最近汗ばむ日が続くので、ツルンとのど越しがいい水ようかんにしよう。

昨日、ぼた餅《もち》のあんを多めに作っておいたので、それでこしあんを作る。寒天《かんてん》と水を溶いたものに加えて沸騰《ふっとう》させ、ぶくぶくしてきたら火を止める。これにこしあんを加えて、よくかき混ぜるのだ。寒天と水、こしあんを混ぜたものを火にかけ、しばし煮込む。

鍋《なべ》を火から下ろして粗熱《あらねつ》を取る間に、笹を巻いて器《うつわ》を作るのだ。

笹の器に流し入れ、井戸の水で冷やす。固まったら、笹巻き水ようかんの完成だ。

完成した水ようかんは氷室《ひむろ》に入れておく。明日、出発前に重箱に詰めよう。

あとは、当日を迎えるばかりだ。

あっという間に朝を迎え、イヤイヤながらも身なりを整え、馬車で祁答院家をあとにする。八咫烏は部屋にいたまま、ついてこようとはしなかった。

梅雨が明け、空は気持ちがいいくらいの晴天だった。気分も晴れたらいいのだが、行き先が実家なので心は土砂降りである。

夫は袴《はかま》姿でやってきていた。ここ最近暑いので、着流し姿でいることも多かったが、私の実家に行くので、気を遣ってくれたのかもしれない。

私は白藍《しらあい》色の生地を使った竪絽《たてろ》の訪問着で、白い帯を合わせた。あまりにも私が暑い、暑いと言うので、伊万里が少しでも涼しいようにと用意してくれた着物である。

「瀬那、実家に行く前に、どこかで土産《みやげ》でも買うか？」

「あ、ちょっとしたものですが、お菓子を作ってきました」

「何を作った？」

「笹巻き水ようかんです」

膝に置いてあった重箱を持ち上げると、夫が手を伸ばす。そのまま差し出すと、夫は受け取って膝に置いた。

「この菓子は、そなたの家族に持っていくのはもったいない。途中で菓子を買って、それを土産として渡そう」

「あの、笹巻き水ようかんはどうするのですか？」

「私が責任を持って食べるが？」

思いがけない言葉に、なんと返していいものかわからなくなった。

黙ったままというのも気まずいので、なんとか振り絞《しぼ》って質問する。

「甘い物、お好きなのですか？」

「そうではなかったのだが、先日食べた瀬那のぼたもちが美味だったゆえ、これもさぞかし美味なのだろうと思っただけだ」

黙って食べているように見えたが、私の家族に食べさせるのはもったいないと思うくらいお気に召していたとは。なんとも光栄な話であった。

途中、御上が懇意《こんい》にしているという和菓子店で塩豆大福を購入し、実家である蓮水家を目指した。憂鬱《ゆううつ》な気持ちでいっぱいだが、なぜか夫がいれば大丈夫という安心感もあった。

ついに辿《たど》り着く。約二ヶ月ぶりの蓮水家だ。感慨《かんがい》深さというのはまったくない。夫と共に馬車を降り、戸を鳴らす。

女中のひとりがひょっこり顔を覗《のぞ》かせ、ハッと驚いた表情を浮かべていた。

「瀬那お嬢様！　よくぞ、お戻りに――」

言いかけた途中で、夫がいることに気づいたようだ。深々と頭を下げて、家の中へと案内してくれる。

離縁し、家に戻ってきたと思ったのだろうか。

それも無理はないだろう。私は妖狐で、夫は陰陽師なのだから。

客間に通され、すぐに茶が運ばれる。父は十分後にやってきた。

ずいぶんとのんびりした登場であった。非難の視線を送るものの、気づいた様子はない。

夫が塩豆大福を差し出すと、会釈《えしゃく》しながら受け取っていた。

「おい、結婚生活はどうだ？」

父はあろうことか、先にこちらへ話題を振る。わざとなのだろうか。わからない。

こういう場合、夫へ話しかけたあと、娘である私の近況を気にするものなのに。

あまりにも私が手紙を無視していたため、焦って聞いてしまったのかもしれない。

「祁答院家の方々には、よくしていただいております」

「不自由はないと？」

「ええ」

続いて父は夫へ話しかける。

「娘は祁答院家で務めを果たしていますでしょうか？」

「ああ、心配はいらない。瀬那は立派に務めを果たしている」

以降、シーンと静まり返る。気まずさしかない。このままお開きになるのかと思いきや、夫が父に問いかける。

「して、いったい何用で呼び出したのだろうか？」

単刀直入《たんとうちょくにゅう》に聞かれるとは思っていなかったのだろう。父は少々狼狽《ろうばい》した様子を見せながら、本題へと移る。

「実を言いますと、〝花むしろ〟が少々、危機的な状況となっておりまして」

夫が話していたとおり、料亭〝花むしろ〟は困った状況にあるようだ。どこまでも自尊心の高い父が私たちに打ち明けるくらいなので、もしかしたら思っていた以上に追い詰められた事態になっているのかもしれない。

「その、しばし娘を〝花むしろ〟へ寄越《よこ》していただけたらなと思っているのですが」

夫は腕を組み、険しい表情で父を見つめていた。息苦しく思うような、張り詰めた空気が流れる。

「それはできない」

「は、はい？」

まさか、断られるとは思ってもいなかったのだろう。父は目が点となっていた。

「瀬那は祁答院家に嫁いだ、私のただひとりの妻である。だから、〝花むしろ〟の手伝いなんか、させるわけにはいかない」

「いや、しかし、今、本当に困った状況にありまして」

「嫁いだ瀬那が店に立てば、出戻りかと思われるだろうが。それに、私は事前に調査していた。そなたらが、瀬那を都合よく使っていたことを。そういう事態は、二度とあってはならないと思っている。彼女と結婚した以上、名誉を守るのも、夫たる私の務めなのだ」

夫の話を聞いているうちに、瞼《まぶた》が熱くなる。ここまで私を庇《かば》い、守ってくれるなんて思いもしなかった。

夫は妖狐にとって天敵である陰陽師だ。けれども、家族以上に私を尊重し、大事にしてくれる。これ以上、嬉しいことはないだろう。

「瀬那!!」

父が懇願《こんがん》するように私の名を叫んだものの、要望を受け入れるつもりはさらさらない。

首を横に振って、拒絶する。

「おい！　お前、祁答院家で何か洗脳されているのではないか!?」

「お父様、失礼です」

「失礼なのは、お前らだろうが！　歴史ある料亭〝花むしろ〟が今、危機的状況にあるんだぞ!?」

「具体的には、どのように危機を迎えているのでしょうか？　一度、お聞かせいただけますか？」

「それは――！」

朝子が女将役《おかみ》を務め、常連から反感を買っただなんて言えないだろう。

「以前、お父様の再婚話をお聞きしました。女将を任せられるような女性らしいですね。早く結婚されたほうが、よいかと思います」

「う、うるさい!!」

父は湯呑《ゆの》みを持ち上げ、お茶をかけようとする。けれども、お茶が私に届くことはなかった。夫が親指と人差し指で丸を作り、ふうと息を吹きかける。すると、小さなつむじ風が起こり、放り投げたお茶はすべて父にかかった。夫は呪術を使ったのだろう。

時間が経ったお茶なので熱くはないものの、頭の上から被《かぶ》ったので屈辱《くつじょく》に違いない。わなわなと震えているが、お茶をかけた相手が夫なので怒るに怒れない、といった様子だった。

それにしても驚いた。呪術を詠唱《えいしょう》なしに使うなど、普通ではない。夫はかなり実力のある陰陽師なのだろう。

「――失礼する!!」

怒ったような口調で言い、父は客間から去っていった。入れ替わるように、父の年若い側近が入ってくる。正座し、深々と頭を下げてから「少しお話ししてもよろしいでしょうか？」と問いかける。夫は「よい」と言って頷いていた。

「祁答院様、はじめまして。私は蓮水の旦那様《だんなさま》にお仕えする、宮藤勇一郎《くどうゆういちろう》と申します」

彼は蓮水家の遠縁の息子で、五年前から父の側近を務める青年である。袴姿が似合う爽《さわ》やかな青年で、父以上に〝花むしろ〟に顔を出し、時には従業員に差し入れをくれる心優しい男性《ひと》だ。

一時期彼と私の縁談があったものの、父が反対してなくなったらしい。理由については不明である。

なんでも料亭〝花むしろ〟の近況について話したいらしい。

「噂話《うわさばなし》でお聞きしているかと思いますが」

料亭〝花むしろ〟の現状は、噂で聞いていた話以上に酷《ひど》かった。

なんでも、朝子が女将として立ったのはよかったが、お客さんへの接客を拒否。父に言われてしぶしぶ座敷に上がったのはよかったが、自分が上役かのような振る舞いでいたようだ。お客さんを親戚《しんせき》のおじさんか何かと勘違いしていたのだろうか。信じられない。

「それから、朝子お嬢様に注意した仲居や料理人を次々解雇にしていき、現在、〝花むしろ〟は深刻な人手不足だそうで」

長い間、料亭〝花むしろ〟は妖狐の一族で運営してきた。代わりの者たちがすぐに見つかるわけがない。

「料理長は現在、御上の料理番を務めておりまして、ここに戻ってくるわけにもいかず……。私が瀬那お嬢様に助けを求めたらどうかと、旦那様に進言したわけだったのです。余計なことを申しました。心から、謝罪します」

父の発案でないことはなんとなくわかっていた。

どうか気にしないでくれと、言っておく。

「私は祁答院家に嫁《とつ》ぎましたので、お手伝いはできません」

「ええ、ええ。そうだったと、今、反省しているところです」

ただ、このまま〝花むしろ〟で働く人たちを見捨てることはできない。助言だけでも、させてもらおう。

「まず、朝子の女将役は解任したほうがいいかと」

「ええ、そうですね」

「それから、みずめさんは残っていますか？」

「あ、はい」

「彼女に、女将代理のお仕事を任せたほうがいいと思います」

みずめさんは仲居だが、働いている期間がもっとも長い。きっと、女将に準じたおもてなしをしてくれるだろう。

他にも二、三点、助言しておく。宮藤さんは感極まったような表情を浮かべながら、こくこくと頷いていた。

「では、そろそろお暇《いとま》を」

「瀬那お嬢様、本当に、ありがとうございました」

「いえ。お役に立てたのならば、幸いです」

宮藤さんに見送られながら、蓮水家をあとにする。

実家の呼び出しから早くも十日経った。

ある日、宮藤さんからの手紙が届く。それには料亭〝花むしろ〟の近況が書かれていた。

私の助言どおり、朝子を女将役から解任させ、最年長の仲居みずめさんを女将代理に任命したようだ。そこから、だんだんと雰囲気《ふんいき》が元の〝花むしろ〟に戻りつつあるらしい。

ひとまず危機的状況から抜け出したようで、ホッと胸をなで下ろす。

夫に報告に行ったら、夫のほうにも宮藤さんからの手紙が届いたという。

「マメな男だ」

「ええ。宮藤さんの柔軟な考えのおかげで、なんとか盛り返したようです」

じっと、夫が何か探るような視線を向ける。

「あの、何か？」

「いや、あの宮藤という男と、何やら打ち解けているような雰囲気があったものだから」

「ああ、宮藤さんは父の代わりに、頻繁《ひんぱん》に店に出入りしていたんです」

だから、父の側近というよりも、料亭〝花むしろ〟で働く仲間という感覚に近いのかもしれない。

「年末年始は、年越し蕎麦《そば》を常連さんの家に届ける手伝いもしてくれて――」

「なるほど。かなり親密な関係にあったのだな」

「いえ、そのようなことはないのですが」

信頼を置いている仕事仲間くらいの認識だったが、夫には違うように思えたようだ。

目が合うと、ふいっと逸《そ》らされる。もしかして、嫉妬《しっと》でもしているのか。

思った瞬間、いやいや、ないないと否定する。

今日はご機嫌が悪い日なのだろう。

「あの、お茶でも――」

声をかけた瞬間、結界《けっかい》の鈴の音が響き渡った。すぐさま、虫明《むしあげ》が「ご主人様！」と声をあげる。

「どうした？」

「玄関に、このような品が届きました」

襖《ふすま》が開けられ、玄関に届いていたという品が置かれていく。それは、風呂敷に包まれた巨大な氷であった。

帝都では異国の地から運び込まれた氷が売られているが、夏の期間は小さな欠片《かけら》でも大変な高値が付いている。それなのに、今の時季にこのような巨大な氷が届くなんて。

続けて、平べったい氷が運ばれてくる。

何やら、表面に文字か絵が彫られているようだ。

そのままではわからないので、書道用の黒い下敷きを敷いて氷の板を重ねる。どうやら文字を彫っていたようだ。

夫は眉間《みけん》に皺《しわ》を寄せながら、ため息をつく。私は氷に彫られた文字を読み上げた。

「今宵《こよい》、祁答院家を訪問する。雪女、ゆきみより？」

次なる客人は、雪女らしい。しかも、今晩訪問してくるようだ。

「この氷は土産《みやげ》のようだ。好きに使うようにと、書かれてあるようです」

雪女ということは、温かい料理は厳禁。すべて、冷製の料理を用意しなければならない。

「旦那様《だんなさま》、こちらの氷を使って、料理を作ってもよろしいでしょうか？」

「ああ、かまわない。急だが、頼んでもいいか？」

「はい、お任せください」

そんなわけで、早急に雪女専用の会席《かいせき》料理を考えることとなった。

料理を手伝ってくれる伊万里やお萩《はぎ》をはじめとする天狐《てんこ》の式神《しきがみ》たちには、氷を切り分けるよう頼み込む。このままでは、氷室に入らないだろうから。

割烹着《かっぽうぎ》をまとい、まずは会席料理の品目を考える。

どこからともなく、八咫烏が飛んできて棚《たな》の上に留まった。料理作りに興味があるのか、こちらをジッと見つめている。朝食の残りである卵焼きを差し出すと、すぐに飛んできて突《つつ》き始めた。

愛らしいと見つめている場合ではなかった。品目を考えなければ。

料亭〝花むしろ〟でも、夏の期間は冷製料理を先付けや前菜で出していた。けれども、料理のすべてを冷たいままで出すというのは初めてである。

一品目は――夫の畑で穫れた野菜を見る。さやから大粒の実が膨《ふく》らんだ、枝豆が目に付いた。この枝豆を茹《ゆ》でて擂《す》ったものにだしを溶いて、冷製の汁物を作ろう。

二品目は刺身に決めた。立派な真鯛《まだい》が今朝届いたのだ。

氷がたくさんあるので、氷の皿を作って出したら喜んでもらえるだろう。

氷の皿とは、言葉のとおり氷で作った皿である。氷を包丁で砕《くだ》いて塩を混ぜ、それを大きな器に押し固めて作るものだ。料亭〝花むしろ〟でも、もっともお高い会席料理の品目に入っていた。

三品目は煮物なのだが、冷たい煮物となると頭を抱え込んでしまう。

煮物は温かい状態でおいしくいただくものだから。

パシャンと、水が跳ねる音が聞こえた。八咫烏が、桶《おけ》に入れていた生きた鰻《うなぎ》を覗《のぞ》き込んでいたようだ。それにびっくりした鰻が跳ねた音だった。

「鰻……。そうだ、鰻だわ！」

鰻を甘辛《あまから》の醤油《しようゆ》で炊《た》いて、煮こごりにして固めたものを出せばいいのだ。

四品目、焼き物はどうしようか。台所の食材を眺めていたら、ある食材が目に付く。煮物がこってりした鰻なので、口直し的な意味合いを兼ねて、夏みかんを焼いて冷やしたものを提供してみよう。

五品目はキンと冷やしたそうめん。六品目は冷製茶碗蒸《ちやわんむ》し、七品目は野菜の冷製揚げ浸し――次々と冷製料理を考えておく。思いの外《ほか》、なんとかなりそうだった。

料理を作りながら、訪問するという雪女に思いを馳《は》せる。

雪山で人々を遭難《そうなん》させる恐ろしい存在として人々から恐れられているというが、いったいどのような存在なのか。

ひとまず、私にできるおもてなしをするばかりだ。

料理は一通り完成したので、氷の皿作りに取りかかる。

氷の塊《かたまり》をまな板の上に取り出し、包丁の刃元でひたすら叩いていくのだ。すると、氷が細かく砕《くだ》かれる。

氷の粒ができたら、丸形の深い鉢《はち》に氷と塩を入れて混ぜていく。続いて、手袋を嵌《は》めて、氷を鉢にぐいぐいと押しつける。これを、氷室で保管しておくのだ。

氷の皿の仕込みは完了した。

窓から空を見上げると、太陽が沈みつつある。もうすぐ、日が暮れるだろう。

今日、やってくるのは雪女。名前はゆきみさんと書かれてあった。それを見た瞬間、夫は微妙な表情を浮かべていた気がする。あれは、知人に対する反応だろう。

皿洗いから戻ってきた伊万里に、ひとつ質問を投げかける。

「ねえ、伊万里。旦那様と雪女のゆきみさんは、お知り合いなの？」

「ええ、まあ、そ、そうですね」

伊万里も苦笑いを浮かべていた。なんでも、ゆきみさんは何度も祁答院家を訪問し、夫と楽しい時間を過ごしていたらしい。

夫を気に入るあまり、幽世《かくりよ》で暮らさないかと誘ってくる日もあったようだ。

雪女は雪山に出現し、遭難した人を攫《さら》うという謂《い》われがある。もしかしたら、幽世へと誘《いざな》っているのかもしれない。

「ゆきみさんは、旦那様がお好きなのね」

「ええ。おそらく、間違いないかと」

その言葉を聞いた瞬間、胸の奥がチリッと痛んだ。咄嗟《とっさ》に胸を押さえる。

モヤモヤしていて、はっきりしないこの気持ちはなんなのだろうか？　よくわからない。

「けれども、奥方様が心配されるようなご関係ではないと思います」

「そう」

私の心配する関係とはいったい？

伊万里に聞きたかったが、どうしてか怖くなって唇は凍ったように動かなくなっていた。

その後、伊万里やお萩に料理の盛りつけについて説明していたら、鬼門《きもん》が開く鈴の音が聞こえた。八咫烏はびっくりしたのか軽く跳び上がり、部屋へと飛んでいった。今回は、一緒にいてくれないようだ。

と、八咫烏を気にしている場合ではない。すぐに玄関へと向かった。

夫はすでに、玄関先でゆきみさんを待ち構えていたようだ。

「旦那様、申し訳ありません。遅くなりました」

「いいや、私も今しがた、まいったところだ」

夫は腕組みし、険しい表情でゆきみさんを迎えようとしていた。

ゆきみさんは夫を気に入り、何度も祁答院家に通っていたというが――。

陰陽師であり、ただの人間でもある夫は、幽世に誘われるなど恐怖でしかないのだろう。

雪女は大変な美女だという伝承が残っているが、いったいどんな姿形をしているのか。

ドキドキしながら、ゆきみさんを迎える。

ふいに、雪混じりの強い風が吹いた。

後ずさりしそうになったが、夫が肩を抱いて支えてくれた。

だんだんと風と雪の勢いは強くなり、吹雪《ふぶき》のようになる。

吹き飛ばされそうになったが、夫が強く胸に抱いてくれた。

胸がバクバクと脈打つのは、吹雪にさらされているからに違いない。

一瞬にして周囲は雪景色となった。これが、雪女の能力なのか。

いったいどれだけ吹雪が続くのかと、奥歯を嚙《か》みしめていたら、フッと止んだ。

そっと瞼《まぶた》を開くと、目の前に絶世の美女が佇《たたず》んでいた。

雪のように白く長い髪に、陶器《とうき》よりも白くなめらかな肌、純白の着物をまとう姿は、絵巻物で見る雪女そのものだろう。

彼女が、ゆきみさん。ぞっとするような美しい人だ。

ゆきみさんは私と夫を交互に見て、目を細める。形のいい赤い唇は弧を描いていた。

夫は私を胸に抱いたまま、ゆきみさんを睨《にら》むように見つめていた。

一歩、一歩とゆきみさんは夫と私に接近し、スッと手を差し伸べる。

私を抱く夫の腕の力が強まった。私も、身体《からだ》を強《こわ》ばらせてしまう。

ゆきみさんの手のひらから釘のような鋭い氷が突き出し――それは花の形となった。

「伊月、結婚おめでとう！　もう、やだー！　こんなに愛らしい女性と結婚するなんて。早く報告してよ！」

それは、女性の声ではない。低い、男性のものだった。

改めて、ゆきみさんを見つめる。間違いなく、美しい女性だ。

ただ、ゆきみさんは大きい。背が夫よりも高かった。近くで見たら、肩幅も張っていて、身体付きは完全に男性である。

「雪美《ゆきよし》、もう少し大人しくできないのか」

「だって、堅物《かたぶつ》の伊月が結婚したんですもの、騒がしくもなるわよ」

「ゆ、ゆきよし、さん、ですか？」

「そうだ」

なんと、ゆきみさんの本名は雪美と書いてゆきよし、と読むらしい。そして、男性であると付け加えられる。

「ゆきよしって可愛《かわい》くないから、ゆきみって呼んでね！」

「は、はあ」

なんというか、驚いた。儚《はかな》げな美女がやってくると思っていたのだ。

いや、見た目だけであれば、間違いなく美女なのだが。

「雪女というくらいですから、女性だとばかり思っていました」

「雪女というのは、人間が勝手に呼んだ名称だからな」

雪山で遭遇したさい、激しい吹雪の中だと男女の区別が付かないのだろう。

それゆえに、彼らは総じて〝雪女〟と呼ばれているのだという。

「あたしは人間たちの期待に応えるために、古き良き雪女の恰好《かっこう》をしているの。最近の雪女ったら、異国風のドレスを着たり、派手な振り袖《そで》を着たり、好き勝手しているのよね！」

「は、はあ」

　ここで、ゆきみさんに夫が私を紹介してくれる。

「彼女は私の妻、瀬那だ」

「瀬那ちゃんね！　よろしく」

「よろしくお願いいたします」

　差し出された手を握ったが、ゾッとするほど冷たかった。まさに、雪女の手という感じである。

「まさか、伊月がこんなに可愛らしい伴侶《はんりょ》を貰《もら》っていたなんて。意外だったわー」

「姉上が逃げたからな」

「あっ、そうだったのね。まあ、ここは堅苦しい家だから」

　そうだろうか。思わず首を傾《かし》げてしまう。

「瀬那ちゃん、息が詰まったら、いつでもあたしに言ってちょうだい。幽世だけれど、いい場所があるから」

「雪美、余計なことを口にするな！」

「あらやだ、怖い」

夫がゆきみさんから幽世に誘われたと聞いて、モヤモヤする気持ちが胸に沸き上がっていた。しかしながら、ゆきみさんは誰でも幽世へ誘っているようだ。つまり、冗談だったのだろう。内心、ホッと胸をなで下ろす。

「あの、立ち話もなんですから、どうぞ中へ」

「立ち話でもいいのよ。すてきな雪も積もっていることですし」

「つべこべ言わずに、中へと入れ！」

「だって、祁答院家の祭壇《さいだん》、趣味が悪いんですもの」

「祭壇はない」

「え？」

「代わりに瀬那が、そなたのために料理を用意している」

突然料理と聞いて驚いたのだろう。ゆきみさんはポカンとした表情で私と夫を交互に見つめる。

「え、料理って、あたしのために瀬那ちゃんが用意してくれたの？」

「そうだと言っているだろう」

「きゃあ！　嬉しい！」

そう言うと、空から雹《ひょう》がボタボタと落下してきた。中には、拳大《こぶしだい》の大きな雹も混ざっている。

「おい、雪美、やめろ。私の家が壊れる！」

「あら、ごめんなさいねえ」

興奮すると、空から雹を降らしてしまうらしい。さすが雪女である。

「ゆきみさん、どうぞ家の中へ」

「ええ、ありがとう。お邪魔するわ」

ゆきみさんを表屋敷へと案内する。何度も訪問しているからか、天狐たちはゆきみさんを恐れずに迎えていた。

「この部屋って、こんなに広かったのね」

「そうだな」

なんでも、表座敷が半分埋まるほどの、大きな祭壇を作っていたらしい。仰々《ぎょうぎょう》しくてゆきみさんは嫌だったようだ。

今は、食事用の膳《ぜん》と座布団がちょこんと置かれただけの部屋である。

ゆきみさんが腰を下ろすと、お萩の手によって一品目が運ばれてきた。

「人間の作る料理なんて、久しぶりね。ドキドキしちゃう」

私も、お口に合うかドキドキしていた。お萩が料理名を言いながら、膳に椀《わん》を置く。

「枝豆の汁物でございます」

「ありがとう」

椀を手にした瞬間、ゆきみさんはハッとなる。

「冷たいわ！」

「はい。旦那様《だんなさま》が作った枝豆を、冷製仕立ての汁物に仕上げました」

「伊月が作った枝豆ですって？　おいしいそう！」

ゆきみさんは椀の蓋《ふた》を摘《つ》まみ、うっとりした表情で枝豆の汁物を見下ろす。そして、口に含んだ。

「ああ、おいしい。お喋《しゃべ》りで熱くなっていた喉《のど》に、清涼感を運んでくれたわ。枝豆の青臭《あおくさ》さはまったくなくて、深い味わいのだしがおいしさを引き立てているみたい」

お口に合ったようで、ホッと胸をなで下ろす。

それから、二品目の真鯛の刺身が運ばれてくる。頑張って作った氷の皿に、盛り付けられていた。

そのまま氷の皿に刺身を置くと塩分でしょっぱくなりそうなので、大葉と大根のつまの上に刺身を重ねている。

ゆきみさんは氷の皿を目にした瞬間、歓声をあげる。

「きゃあ！　氷のお皿よ！　すばらしいわ」

喜んでいただけたようで、何よりである。料理長は鑿《のみ》と鎚《つち》を使って氷を削《けず》り、芸術的な氷の皿を作っていた。それに比べたら、私の氷の皿はまだまだである。

けれども、ゆきみさんは嬉しそうだ。頑張って用意してよかったと心から思う。

三品目、四品目と、ゆきみさんは料理をペロリと平らげる。

最後、食後の甘味として用意したのは、異国風の氷菓、牛乳を使って作る〝あいすくりいむ〟である。

添えてある短冊形《たんざく》のお菓子は、〝ウエファース〟というらしい。父が異国から取り寄せたものを、祁答院家に送ってきたのだ。

〝あいすくりいむ〟に飾ったさくらんぼは、春に作った砂糖漬けである。カフェーの〝あいすくりいむ〟はこのようにお洒落《しゃれ》に飾って出されるので、真似《まね》をしてみた。

「え、これは何？　雪原を削って作ったお菓子なの？　でも、甘い匂《にお》いがする」

「ゆきみさん、これは〝あいすくりいむ〟という、帝都で流行《はや》っている異国の氷菓なんですよ」

「まあ！　そうなの。初めて見たわ」

料亭〝花むしろ〟には、異国からのお客さんが訪れる。そのさいに作られる食後の甘味が、この〝あいすくりいむ〟なのだ。

ゆきみさんは初めて目にする〝あいすくりいむ〟を、ゆっくり匙《さじ》で掬《すく》って食べる。

「これは、不思議だわ。母の胸に抱かれているような、優しい甘さがあるの」

〝あいすくりいむ〟も気に入ってもらえたようだ。

「久しぶりに、心地よい満腹感で満たされたわ。瀬那ちゃん、本当にありがとう」

「いえ」

感謝の気持ちを示したいという。

「あの、私は別に、おもてなしをしただけで」

「瀬那、いいから受け取っておけ」

「はあ」

ゆきみさんが差し出してくれたのは、鞠《まり》のような白い珠だった。

「こちらは、なんなのでしょうか？」

「氷鞠《こおりまり》よ。なんどかつくと、中に氷ができるの」

ゆきみさんは見本を見せてくれる。てん、てん、てんと三回氷鞠をついて、卵を割るようにコンコンと叩きつける。すると、パリッと割れて中に丸い氷ができていた。

氷が出ると、鞠は元の形に戻る。

「これがあれば、いつでも氷を作れるわ」

「す、すばらしいお品です。これを、私がいただいても、よろしいのでしょうか？」

「ええ、もちろん」

夫のほうを見ると、受け取れと視線で訴えてくる。

せっかくの気持ちだ。ありがたくいただこう。

「ありがとうございます。とても、嬉しいです」

「よかった」

それからゆきみさんと明け方までお喋《しゃべ》りをし、彼女……ではなくて彼は上機嫌な様子で帰る。

「瀬那ちゃん、また、遊びにきてもいい？」

「はい。お待ちしております」

「ありがとう」

ゆきみさんがいなくなると、家の周囲に積もっていた雪はすべてなくなる。

「ようやく帰ったか」

「ええ」

珍しく、夫は疲れているようだった。そっと背を押して、家の中で休もうと誘う。

熱い牛乳を飲むと、よく眠れるという。砂糖を少し入れたものを、夫のもとへ運んだ。

「なんだ、これは？」

「温めた牛乳です。飲んだら、気分が落ち着きます」

「そうか。ありがとう」

温めた牛乳を飲むのは初めてらしい。一口飲んで「悪くない」と言っていた。

「雪美について、詳しく話していなくて申し訳なかった」

「いえ」

「彼がああなったのは、姉上が関わっていたのだ」

「そう、だったのですね」

なんでも、ゆきみさんは幼少期から祁答院家に遊びにきていたらしい。

そんななかで、義姉がゆきみさんに恋してしまう。

「雪美は幽世《かくりよ》に棲《す》むあやかしだ。姉上と一緒にはなれない。気持ちを諦めさせるために、ああやって女装し、私に気がある振りをしつつ、女らしく振る舞っていたのだ」

夫はずっと、ゆきみさんに対して申し訳なく思っていたらしい。

私にも話そうと思っていたようだが、バタバタと忙しそうにしていたので声をかけられなかったと。

「久しぶりに、雪美があのように楽しそうな表情を見た。瀬那の料理のおかげだろう。心から、感謝する」

「あの、その、お役に立てたようで、幸いです」

夫に褒《ほ》められ、頬《ほお》が熱くなる。ゆきみさんから貰《もら》った、ひんやり冷たい氷鞠を頬に当てて冷やした。

「次からは、男性の恰好《かっこう》でやってくるかもしれん」

「ええ」

なんて話していたのだが、ゆきみさんは次も女装姿で現れた。

「暇だからきちゃった！」

きゃっきゃと楽しそうにするゆきみさんを見て、これは素なのではないかと思ってしまった。

◇◇◇

夏も盛りとなり、汗ばむ毎日である。

夫との朝の畑仕事は毎日のように行っており、今日もたくさんの夏野菜を収穫した。

ただ、今日はいつもより早く仕事を切り上げ、夫が思いがけない提案をする。

「瀬那、川に涼みに行こう」

一瞬、どこかへ行ったかと思っていた夫は、バケツと釣り竿《ざお》を持って戻ってきた。

どうやら、釣りをしながら川で涼を取るらしい。

朝の川は肌寒いというが、畑仕事で汗を掻《か》いたのでちょうどいいだろう。

祁答院家の近くには、川が通っている。夫はここで釣りをするのが楽しみらしい。

そんな時間に、ついていってもいいものか。

「私も、ご一緒してよろしいのですか？」

「嫌なのか？」

「いいえ、嬉しいです」

率直《そっちょく》な気持ちを伝えると、夫は淡く微笑《ほほえ》んだ。その瞬間、胸がどきんと高鳴る。

しばし、夫に見とれていたものの、「どうかしたのか？」と問いかけられてハッとなる。

本当に、どうかしている。ぶんぶんと首を振り、「なんでもございません」と答えた。

バケツでも持とうかと手を差し出したが、重たいからと釣り竿のほうを差し出してくる。

よくよくバケツを見たら水が張っていて、中に小さな鮎《あゆ》が泳いでいた。

「この鮎は、なんなのでしょうか？」

「友釣り用の鮎だ」

「友釣り、ですか?」

「ああ。鮎は縄張《なわば》り意識が強く、余所《よそ》の鮎が入ってくると攻撃を仕掛けるのだ」

攻撃してきた鮎を釣り糸の針に引っかける釣り方を、友釣りと呼んでいるようだ。

なんでも夫は、友釣り用に鮎を数匹飼育しているらしい。屋敷の裏に川魚専用の生け簀《いす》があるようだ。ゆくゆくは川魚の養殖《ようしょく》をしたいという、意外な夢を語っていた。

「魚がいつでも食べられる環境にあれば、そなたも献立《こんだて》が決めやすいだろう?」

「たしかに、そうですね。嬉しいです」

「ならば、これまで以上に打ち込むことにしよう」

竹林を抜け、野原を通り過ぎた先に川があった。

ふと、川辺に網《あみ》に入ったスイカが浮かんでいる。流れていかないように口を紐で縛《しば》り、石で押さえ付けていたようだ。

「旦那様《だんなさま》、あちらのスイカは?」

「喉を潤すために、朝から冷やしておいたのだ」

夫は川からスイカを上げて、腰に提げていた短刀で切り分けてくれる。

「瀬那、食べてみろ。今年のスイカは、よくできているから」

初めてだった。

「はい、ありがとうございます」

敷物を広げて座り、夫と共にスイカをいただく。

スイカはひんやりしていて、みずみずしく甘い。こんなにおいしいスイカを食べたのは初めてだった。

「旦那様、とってもおいしいです」

「そうか、よかった」

農作業をして喉がカラカラだったので、余計においしく感じたのかもしれない。

「こうして、川辺でスイカを食べるのも、悪くないな」

「はい！」

不意打ちで夫が微笑みかけてきたので、慌てて顔を逸《そ》らす。頬が火照《ほて》っているのは、強い日差しのせいだろう。

スイカを食べ終わった夫は石の上に腰を下ろし、釣り針に鮎を引っかけていた。

その様子を、少し離れた場所から眺める。

なんでも夫は真夏になったら、川で泳いで涼んでいたらしい。少し上流に行くと水深が深く、流れが穏やかな場所があるようだ。ただ、ひとりでは危険なので絶対に行くなと言われている。

穏やかな時間が流れていた。結婚前まではバタバタと忙《せわ》しなく働く毎日だったので、このようにのんびりできる時間があるのが信じられない。

これもすべて、夫の采配《さいはい》のおかげだろう。

式神《しきがみ》はよく働き、よく仕え、私が働くと止めに入ってくれる。私は指示を出すのが仕事だと、いつも言われてしまうのだ。

働かなくていいという環境には、まだ慣れていない。

けれども、私にしかできない仕事をし、夫を支えられたらと思っていたが――。

なんだかモヤモヤする。

心が満たされたら満たされるほど、苦しくなるのだ。

その理由はわかっている。私が妖狐で、夫が陰陽師だから。

夫は私が妖狐だと気づいていない。それを、私はこれ幸いとは考えられなかった。

私は夫に姿を偽った状態で結婚した。妖狐だと知ったら、夫はどう思うだろうか？

騙《だま》された、裏切られたと思うだろう。

いっそのこと、私は妖狐だと打ち明けて楽になりたい。

けれども、今の生活を手放したくない。

夫はあやかしを倒す陰陽師ではない。私が悪《あ》しき妖狐ではないと判断した場合、もしかしたら離縁を言い渡し、家から追い出すことしかしない可能性もある。

ただ、私はもう、ここでの幸せな暮らしを知ってしまった。今更実家に戻って、これまでどおりお客さんのために働くのは難しいだろう。

今の私は、夫のために料理を作り、また夫とともにあやかしたちをもてなす仕事にやりがいを感じてしまったから。

いったいどうすればいいのか。

なんて考えていたら、夫の竿が大きくしなった。

水面から鮎が大きく跳ね、太陽の光を浴びた水滴がキラキラ輝く。

なんて美しい光景なのか。

もう少しだけ、この景色を眺めていたい。罪な私を許してほしいと、心の中で夫に願った。

◇◇◇

今日は夫と共に、異国の服をまとって百貨店に出かける。

伊万里が選んでくれた服は、象牙色《ぞうげいろ》の清楚《せいそ》なワンピース。襟回《えりまわ》りや袖《そで》、裾《すそ》にはフリルと呼ばれるひだが縫《ぬ》い付けられていた。胸元にはリボンが飾られ、可愛《かわい》らしい意匠《いしょう》である。

果たして、私に似合っているのか。不安になったが、身なりが整うと伊万里は「すてきです！」と絶賛してくれた。

髪は左右に編み込みを入れて、後頭部でまとめたものをリボンで結ぶ。

ワンピースの色に合わせた帽子も、用意してくれていたようだ。

レースの手袋を合わせるのが、帝都の流行だという。

初めての異国風の装《よそお》いに、落ち着かない気持ちになっていた。

「奥方様、ごらんになってくださいませ。いかがでしょうか？」

「え、ええ。似合って、いるのかしら？」

「はい！　よくお似合いですよ！」

着物と違ってワンピースの裾はヒラヒラしていて落ち着かない。スカートは動くたびに、円を描くように大きく広がる。強い風が吹いたらめくれてしまうのではないかと、心配になってしまった。

革製の鞄《かばん》を手渡され、玄関へと向かう。ワンピースには下駄《げた》ではなく、ブーツと呼ばれる靴《くつ》を合わせるらしい。お萩が履《は》き方を丁寧《ていねい》に教えてくれた。

靴も初めてなので、上手《うま》く歩けるのかと不安になった。

玄関を靴で行き来していると、夫がやってくる。

「うろうろして、何をしているのだ」

「靴で歩く練習をしておりました」

夫も異国風の服装でやってきたので、ハッとなる。

白いシャツにタイ、ベストを合わせ、上からジャケットと呼ばれる上着を着込んでいる。糊《のり》がパリッと利《き》いたズボン姿も新鮮だった。

長い髪は三つ編みにしてまとめ、帽子を被《かぶ》っていた。手には杖《つえ》を握っている。

「ぼーっとして、どうした？」

「あ、いえ、異国の装いが、とてもお似合いだと思いまして」

「……そうか。そなたも、美しい」

似合っていると返されると思いきや、思いがけないお褒《ほ》めの言葉を賜《たまわ》る。

カーッと顔全体が熱くなっていくのを感じていた。

夫もあとになって恥ずかしくなったのか、目があった瞬間ふいと逸らす。

耳がほんのり赤く染まっていた。

「行こうか」

「はい」

夫が差し伸べた手に指先を重ねる。

こんなささいなことが、とても嬉しかった。

帝都の中でもひときわ目立つ建物——異国風の建築技術を取り入れた百貨店。

これまでは商人が華族の家を訪問し、商品を販売するのが主流だった。けれども、品数が少なかったり、趣味に合う品がなかったりと、問題が山積みだったのだ。

それを解決したのが、百貨店だった。

たくさんの商品を陳列《ちんれつ》し、好きなときに好きな商品を手に取れる販売方法を採ったのだ。

始めは、品物をたくさん並べて品がないと皆口々に話していたが、異国からの品物が一気に増えると、訪問販売では購入できない品も出てくる。

稀少な舶来品《はくらいひん》を求めて、百貨店を利用する華族が増えているらしい。

そんな百貨店の目玉は、電気で動く全自動階段《エスカレーター》。なんでも、階段を上らずとも、自動で人を次の階まで運んでくれるらしい。

百貨店の店内に入ると、ズラリと行列ができていた。

「これは、どこのお店の行列なのでしょうか？」

「全自動階段に乗るための行列だろう」

「まあ。そうなのですね」

国内で初めての全自動階段とあって、皆どんなものか気になっているのだろう。

遠くに目を凝《こ》らしてみると、上の階へと続く階段が見えた。本当に、身体《からだ》を動かさずとも人を二階へ運んでいる。いったいどんな仕組みなのだろうか。きっと、近くで見てもわからないだろう。

「瀬那も全自動階段が気になるのか?」

「それは、気になると言えば気になるのですが。大勢並んでおりますし」

「せっかく来たのだ。私たちも並ぼう」

「え!?」

夫は私の手を取り、行列のほうへと歩いていく。

ざっと見て百人以上並んでいるのか。乗るまでに一時間以上かかるだろう。

「あの、時間の無駄ですので、今日でなくても」

「次はいつになるかわからない。それに、感動は新鮮なうちに味わっておいたほうがいいだろう」

たしかに、時間が経ったら今日感じた感動も薄まっているに違いない。たぶん、この行列に並ぶ時間も含めて、全自動階段は特別なものなのだろう。

「では、お言葉に甘えて。お付き合いいただけますか?」

「もちろん」

列の最後尾に並ぶ。ドキドキワクワクしていたら、視界の端に見知った顔を発見してしまった。

私とよく似た容貌《ようぼう》を持つ女性は、帝都でひとりしかいない。朝子である。

しかもひとりではなく、以前見かけた歌舞伎《かぶき》役者の寅之助《とらのすけ》と一緒だった。

気づかない振りをしたかったが、朝子は私に気づいたようだ。嬉しそうに微笑《ほほえ》みながら、ツカツカと接近してくる。

「あら、瀬那じゃない！」

声をかけられたら、反応しないわけにもいかない。

「朝子、久しぶり」

「ええ、結婚式ぶりね」

朝子は黒地に赤の花模様が入った派手な着物をまとい、寅之助に密着した姿でいた。

寅之助は周囲にバレたくないのだろう。手ぬぐいを巻いて顔を隠している。佇《たたず》まいで、同一人物だと気づいた。やはり、歌舞伎役者は立ち姿からその辺の人と異なる。

それにしても、何をしにきたのか。挨拶《あいさつ》だけするという雰囲気《ふんいき》ではない。

どう反応しようか、非常に困る。

「ふふ、ワンピースなんか着ちゃって、全自動階段の列に並ぶなんて、まるでおのぼりさんみたいだわ」

朝子は身を乗り出し、夫に話しかける。

「祁答院様、どうせ、瀬那が乗りたいって駄々を捏《こ》ねたのでしょう？　ごめんなさいね、恥ずかしい人で」

「そうは思わないが」

夫は表情ひとつ変えず、朝子に言葉を返す。

「でも、ここに並んでいるの、観光でやってきた田舎《いなか》の人ばかりなのよ？　華族は誰も並んでいないわ。帝都にやってきて、浮かれている人しか並んでいないの。おかしいでしょう？」

「別に、気にならない」

シーンと静まり返る。朝子は親切のつもりで教えてくれたのだろうか。顔がこれでもかと、引きつっていた。

「妻は慣れないブーツを履いている。だから、階段を普通に上るよりも、全自動階段で上がったほうがよいと思ったのだが」

夫は朝子を見下ろし、圧をかけるように言う。

まさか、私を思って全自動階段にしようと勧めてくれたなんて。

「それよりも、顔を隠さないと表を歩けない男を、昼間から連れ回すそなたのほうがどうかと思うのだが」

「なっ!!」

夫は寅之助のほうを一瞥《いちべつ》し、ため息を零《こぼ》す。

寅之助は歌舞伎座の座頭《ざとう》役者で、未婚の女性を連れ歩いていると世間に知られたら醜聞《しゅうぶん》となるのだろう。

「噂話《うわさばなし》なのだが、今日、新聞社が全自動階段の取材に来ると聞いている。ここにいては、都合が悪いのではないのか?」

それを聞くやいなや、寅之助は朝子の腕を振り切り、回れ右をして走り去る。

「ちょっと、寅さん!!」

朝子はこちらを見向きもせずに、寅之助のあとを追った。

嵐は去ったようだ。

「瀬那、少々やりすぎただろうか?」

「いいえ。あれくらいでは懲《こ》りないので、大丈夫かと」

「そうか。それはよかった」

一瞬、会話が途切れたが、我慢できずに噴き出してしまった。

寅之助に腕を振り払われた朝子の表情は、なんとも言えなかった。鳩が豆鉄砲《まめでっぽう》を食ったようだと表現すればいいものか。これまで見た覚えのない、気の抜けた顔だったのだ。

まさか、寅之助が逃げるとは考えもしていなかったのだろう。

「ふふ、おかしい。ごめんなさい。こんなことで笑うなんて、性格が悪いですね」

「いや、そんなことはない。存分に笑ってくれ。そなたが笑顔だと、嬉しくなるから」

夫の言葉に、胸がきゅんと切なくなった。

彼がこんなに、言葉を惜しまない男性《ひと》だったなんて、驚きである。

今日かけてもらった言葉だけで、胸が張り裂けそうだった。

「しかし、あの者が瀬那へ仕返しなどしなければいいのだが」

「そのときは、父に交際を密告しますので」

今度は夫が噴き出す。肩をふるわせ、笑っていた。

「そなたは、強いな」

「口での戦いは、意外と強いんです」

なんて話をしている間に、全自動階段の順番がやってきた。すぐ近くには乗り方を説明する従業員がいて、丁寧《ていねい》に教えてくれた。

自動で動くという魔法のような階段に、夫と共に乗る。何をせずともぐんぐんと上に上がり、不思議な気分を味わった。

あっという間に、二階へ辿《たど》り着く。

「瀬那、どうだったか？」

「すごいとしか言いようがありません！」

自分でも、興奮しているのがわかる。

乗るまで時間はかかったが、それだけの価値があるものだった。

夫と共に店内を見て回る。

美しい着物の反物《たんもの》に、異国風の華やかなドレス、豪奢《ごうしゃ》な装身具や踵《かかと》の高い靴、革の鞄に傘、旅行道具に玩具《おもちゃ》、家具などなど、目が足りないと思うくらいの品々が並べられている。

間違いなく、品揃えは帝都いちだろう。

「最近は皆、百貨店ですべての婚礼道具を揃えるらしい」

「そういうことも可能なのですね」

これまで、百貨店のようにさまざまな品が売られている大型商店はなかった。着物や家具、日用品など、商店はそれぞれ別で、品物を揃えるために帝都をあちこち回る必要があったのだ。それが、百貨店でのみできるというので、これから結婚する人たちの中でとても便利だと、好評を博しているらしい。

「何か欲しい品があれば言え」

「はい」

夫はたびたび立ち止まり、私に商品を勧めてくる。けれども、着物も装身具も、靴に鞄、傘だって、すでに十分すぎるほどいただいていた。これ以上、望む物などなかった。

「瀬那、遠慮《えんりょ》しているのか？」

「いいえ。必要な品はすべて旦那様《だんなさま》が揃えてくださっていたので、現在、足りないと思う物がないだけです」

私の意見を耳にした夫は、腕を組み険しい表情でいる。こういうときは何かねだるのが、可愛げというものなのだろうか。よくわからない。

ただ、無理に欲しい品を探して買うのもよくないだろう。

なんともいえない居心地が悪いような空気が流れる中で、中央広場で瀬戸物市が開催されているのに気づく。

帝都中の陶器《とうき》や磁器《じき》が集められ、販売されているようだ。赤札が付いているのは、値引きされた商品なのだろう。

その中で、揃いの茶碗《ちゃわん》が目につく。つるりと照りがある茶碗の表面には、優美な鶴の絵が描かれていた。

　ひとつひとつ陶器が丁寧に並べられている中で茶碗だけが重ねられ、目立たないように端っこに置かれていたのだ。

　すぐに販売員がやってきて、声をかけてくる。

「何か気になるお品はありましたか？」

「あ、いえ」

「これが気になったのだろう？」

　夫が私の視線の先にあった茶碗を指差す。すると、販売員は眉尻《まゆじり》を下げ、少しだけ落胆《らくたん》したような表情を浮かべる。

「ああ、こちらは、〝くらわんか碗〟ですね」

「くらわんか碗、ですか」

　初めて聞く名前だ。磁器だというが、普通の磁器よりも厚めに作られている。それには理由があるようだ。

「こちらはもともと、船で煮炊《にた》きした料理を売るさいに使っていた器《うつわ》なのです」

　酔っ払った客が落としても割れないように、厚めに作って焼いているらしい。

「船で食事をした客が会計を誤魔化《ごまか》すために、川に器を捨ててしまうことがありまして、それを最初から想定し、高級な素材は使わないで作られているのですよ」

つまり、この茶碗は業務用かつ使い捨ててもいいように作られた品なのだという。

「百年から二百年前に作られたくらわんか碗は、骨董品《こっとうひん》として高値が付くことがありますが、こちらはその、最近作られたものでして」

ここ最近は船で料理を売ったり食べたりするという飲食店も減っているらしい。代わりに、大衆用の安価な茶碗として販売されているようだ。

「こちらの品は、誤って帝都まで運ばれていたようで」

「そうだったのですね」

売っても大した額ではないので、私が気にしていると示したときに微妙な表情を浮かべたのだろう。

見せてもらったが、磁器にしては少しだけずっしりしている。ただ、鶴の絵は本当に美しくて、気に入ってしまった。鶴は長寿を象徴する縁起《えんぎ》のよい鳥である。それに、大小のお揃いの茶碗というのもいい。

「旦那様、私、こちらのお品が欲しいのですが」

「わかった。買おう」

こうしてくらわんか碗は立派な木箱に収められ、風呂敷に包まれる。

それを夫が受け取り、百貨店をあとにした。

「他に寄りたい場所はあるか？」

「それは――」

「遠慮はいらない」

「でしたら、料亭〝花むしろ〟に寄っていただけますか？」

そう答えた瞬間、夫の表情が険しくなった。

父や朝子に会うわけではないと言うと、さらに険しくなる。

「宮藤と会うのか？」

「いいえ、彼ではなく、従弟《いとこ》の奏太《そうた》と、少しだけ話をしたいと思いまして」

「奏太？」

料亭〝花むしろ〟で料理修業をする、九歳の従弟だと説明すると、夫の眉間《みけん》の皺《しわ》が一気に解《ほぐ》れた。

「この前実家に戻ったとき、会えなかったので」

彼は跡取り候補で、幼いながら〝花むしろ〟の一員として働いていると説明すると、夫は何かピンときたようだ。

「そういえば披露宴のとき、私を睨《にら》む子どもがいたな」

「たぶん、それが奏太ですね。申し訳ありません。突然の結婚で戸惑っていたのかもしれません」

「そうか」

何か手土産《てみやげ》を買ったほうがいいと夫は言う。途中で菓子店に寄り、異国の焼き菓子をいくつか見繕《みつくろ》って包んでもらった。奏太の分だけでなく、〝花むしろ〟で働く人たちの分も買ってくれた。きっと、喜ぶだろう。

料亭〝花むしろ〟の前で馬車が停まる。夫は降りる気はないようで、腕組みしながら「ゆっくり過ごすといい」と言っていた。

「旦那様は行かれないのですか？」

「私が行けば、気まずい空気となるだろうが」

「そんなことはないですよ」

一緒に行きましょうと手を差し伸べたら、夫は遠慮がちに私の指先を握った。

裏口から入り、厨房《ちゆうぼう》の窓を覗《のぞ》き込む。今の時間は休憩中だろう。

奏太は――いた！　真剣な眼差《まなざ》しで、鍋《なべ》を覗き込んでいる。

「瀬那、あれは何をしているのか？」

「試作品の、だしを作っているのかと」

「あのような幼い子が？」

「ええ。だしに対する情熱は、人一倍強いんです」

「感心なことだな」

お喋《しゃべ》りはこれくらいにして、勝手口の扉を開いて声をかけた。

「奏太！」

「あ、瀬那姉ちゃん!!」

奏太は大きな瞳をさらに大きくして、驚いた表情でこちらを見る。

そして、続けて顔を覗かせた夫を見て、「ひっ！」と小さな悲鳴を上げた。同時に、背筋がピーンと伸びる。

「奏太、久しぶり」

「ひ、久しぶり、です」

「どうして他人行儀《たにんぎょうぎ》なの？」

「だって、瀬那姉ちゃんは、祁答院家の奥方様だし……じゃなくて、ですし」

「これまでどおりで大丈夫よ」

そうは言っても、奏太の態度は改まることはない。

外に嫁《とつ》いだら、他人になってしまうのか。なんだか寂しかった。

夫は奏太に会釈《えしゃく》し、「祁答院伊月である」と律儀《りちぎ》に挨拶《あいさつ》していた。奏太は表情を強《こわ》ばらせたまま、「蓮水奏太です」と返す。

「あ、よかったら、こっちの椅子《いす》に、どうぞ」

「ありがとう」

お言葉に甘え、腰を下ろす。夫が土産のお菓子を差し出すと、奏太は焦った様子で「お茶を淹《い》れないと」と腰を浮かせる。

「あ、大丈夫！　奏太、お茶はいいから」

「でも、何も出さないわけには。あ、よかったら俺のだし飲みます？　今日は上手《うま》くできたんだけれど」

止める前に奏太は動き始める。

茶碗にだしを注いで、お茶を勧めるように差し出してきた。

夫は私が作った料理以外口にしない。その事情を説明しようか迷っていたが、夫は私よりも先にだしを飲む。

「ふむ。よくできている。うまい」

「え、本当!?」

奏太はぴょんと跳び上がり、大きく口を開いて驚いていた。

どうやら、奏太のだしも平気だったらしい。

私も一口、口に含む。

「あ、おいしい！　〝花むしろ〟の味だわ」

「やったー！」

私が結婚してから何度も試行錯誤《しこうさくご》し、練習していたらしい。料理長が不在だったため、きちんとできているか確認のしようがなかったようだ。

「みんなおいしい、おいしいって言ってくれていたんだけれど、子どもを褒《ほ》めるみたいに言うからさ！　いまいち信用できなかったんだ」

「安心して。きちんと、〝花むしろ〟の味に仕上がっているから」

「よかった」

奏太に笑顔が戻ってきたので、ホッと胸をなで下ろす。

勇気を出して会いにきてよかった。

それから〝花むしろ〟と蓮水家の近況を聞く。

父と朝子はこれまで以上にお店に干渉しなくなったようだ。それが却《かえ》って平和をもたらしているという皮肉である。

あと、朝子が近々結婚するという話も耳にした。相手が誰かという情報は出回っていないらしい。

「可能性があるのは、宮藤さんだけれど」

「宮藤の兄ちゃんはないない。朝子との相性、最悪だもん」

　意外や意外。宮藤さんはなんと、朝子にはっきり苦言を申していたらしい。そのため、朝子は毛嫌いしていたようだ。

「他に年齢と役職がつり合うような人はいない気がするけれど」

「まあ、近々自慢げに報告するんじゃね」

「そうね」

　ひとまず、奏太が元気そうでホッとした。

　そろそろお暇《いとま》しようかと思った瞬間、奏太がとんでもない質問を投げかける。

「それで、いつ、瀬那姉ちゃんは離婚するの?」

　奏太の一言をきっかけに、空気が凍り付く。

　その中心たる人物は、夫であった。これまでにないくらい、冷え冷えするような無の表情でいた。

「なぜ、そのような質問をする?」

　地を這《は》うような低い声だったが、奏太は気づいていないのか、あっけらかんとした様子で話し始める。

「みんな言っているよ。瀬那姉ちゃんは、そのうち離婚して、帰ってくるだろうって」

「皆、というのは？」

「料亭で働いている人たちみんな」

「ほう？」

離婚すると思い込んでいるのは、私が妖狐で夫が人間だからだろう。

種族が違えば子どもは産めないので、父の野心が叶ったら私は戻ってくると思っているのかもしれない。

「私は瀬那と離婚など考えていない」

「え、そんな！」

「誰がなんと言おうと、手放すつもりはないと伝えておくように」

夫はそう言って、私の手を握って立ち上がる。「また遊びに来る」と言い残し、厨房から出て行った。

馬車に乗りこむと、夫の不機嫌さが直に伝わってきた。

「あの、旦那様《だんなさま》、子どもが言っていたことですので、どうかお気になさらず」

「離婚について話していたのは、奏太だけではない。他の者たちも口にしていた」

「それはそうですが……」

まさか、離婚の一言でここまで怒るとは。

蓮水家が軽い気持ちで縁談を組んだと思っているのだろうか。

「不快な気持ちにさせてしまい、申し訳ありませんでした」

「なぜそなたが謝る？」

「それは――」

「他人の行いを、そなたが謝罪する必要はない。覚えておけ」

「はい」

それから会話もないまま、家路についた。

◇◇◇

このまま気まずい状態を続けたくない。夕食のときに、仲直りしよう。

〝花むしろ〟で働く人たちの勘違いで怒らせてしまったのは事実だが、そのあとの私の謝罪もよくなかったのだろう。たしかに、私が謝ることでもなかったのかもしれない。

離婚問題について、私が妖狐だとバレたら、確実に祁答院家を追い出されるだろう。

今日、真実を告げるつもりはないが、いつか告白するつもりだ。でないと、祁答院家は跡取りがいないまま、時がどんどん過ぎてしまう。

今は、仲直りをするだけに止《とど》めたい。もう少しだけ、夫と過ごしたい。買ってもらった揃いの茶碗《ちゃわん》を見ながら考えていた。

夕食の品目は鮎《あゆ》の釜飯《かまめし》に、鮎の塩焼き、鮎の甘露煮《かんろに》に味噌汁、カブの酢の物と、鮎尽くしである。夫は鮎の甘露煮が食べたいと話していた。お口に合えばよいのだが。

鮎の塩焼きは串打ちして囲炉裏《いろり》に突き刺す。ほどよく火に炙《あぶ》られた鮎は、香ばしい色合いに焼けた。

お皿に笹の葉を敷き、食べやすいよう串が刺さったまま盛りつける。すだちも添えた。

八咫烏が飛んできて、品目を見て嬉しそうに「カー、カー!」と鳴いていた。八咫烏も鮎が大好物のようだ。

伊万里と共に座敷へ食事を運ぶと、すでに夫の姿があった。

「旦那様、今日は鮎料理をいくつか作りました」

「そうか」

膳《ぜん》を置き、座布団に腰を下ろす。ちらりと夫のほうを見たら、バチッと目が合ってしまった。もう、怒っているようには見えない。ホッと胸をなで下ろす。

先ほどのことについて謝罪したかったが、謝ってばかりではまた怒らせてしまうだろう。唇をきゅっと閉じた。

「瀬那、すまなかった」

「え？」

「幼子のように不機嫌になって、瀬那に当たってしまった。申し訳ないと思っている」

「いえ、そのようなことは――」

「ある」

夫は私に向かって、深々と頭を下げた。

「つまらない独占欲だったように思える」

「独占欲、ですか？」

「そうだ。〝花むしろ〟の者たちが瀬那を望んでいる様子を見て、渡すものかと意地になっていた」

独占欲というものは、果たして政略的に結婚した妻に対して抱くものなのか。

もしかすると、夫は私に好意を抱いている？

まさか、ないないないない！

天と地がひっくり返っても、ありえないだろう。

今の言葉は忘れるようにと、脳内から追い出した。

「旦那様、私は気にしておりませんので」

「しかし」

「食事にしましょう。早く食べないと、冷めてしまいます」

まずは、夫のオススメである鮎の塩焼きからいただく。

すだちをサッと絞《しぼ》り、串を手に取って頬張《ほおば》った。

皮はパリパリで香ばしく、身はふっくら。すだちの酸味が、鮎のおいしさを引き立ててくれる。夫もお気に召したようで、骨以外、すべて食べてくれた。

今日買った茶碗には、鮎をふっくら炊《た》いた釜飯が盛り付けられている。我ながら、すばらしい炊け具合だと心の中で絶賛していた。

夫は茶碗を手に取り、ぽつりと呟《つぶや》いた。

「これは、夫婦《めおと》茶碗だな」

「あ――そう、ですね」

まったく意識していなかったが、大小揃えて作られた茶碗は間違いなく夫婦茶碗だろう。

「この茶碗の鶴のように、これからも瀬那とありたい」

夫の言葉に、私は満たされた気持ちを胸に抱きつつ「はい」と返した。

第四章　妖狐夫人は夜会に参加する

今宵《こよい》、黎明館《れいめいかん》で御上《おかみ》主催の夜会が開催される。緊張するあまり、日の出前に目を覚ましてしまった。

寝間着から着物に着替え、冷たい水で顔を洗ってすっきり目を覚ます。

眠気はなくなったものの、言葉にできないモヤモヤは晴れない。

華族が集まる夜会に参加するのがはじめてな上に、ドレスをまとって行くのだ。

粗相《そそう》をしてしまわないか、心配なのである。

「はあ」

ため息をひとつ零《こぼ》し、少し早めではあったものの畑へ出かけた。

地平線が明るくなるくらいの時間帯で、周囲はまだ薄暗かった。それなのに、すでに夫は畑仕事に精を出していたのである。

「旦那様、おはようございますね」

「おはよう」

かなり早いですね、という意味での「おはようございます」だったが、普通の挨拶《あいさつ》として返されてしまった。

「あの、どうして今日はお早いのですか？」

「今宵は黎明館で夜会があるだろう？　少々気鬱《きうつ》で、早く目覚めてしまった」

気鬱——たしかにそうだ。緊張しているというよりは、行きたくないという気持ちのほうが正しいのかもしれない。

私もです、と言いたかったものの、「ならば、共に不参加としよう」なんて方向になったら大変だ。本心は隠しておく。

「瀬那《せな》、そなたも行きたくないのだろう？」

「え!?」

「聞かずともわかる。顔に書いてあるからな」

夫は珍しく声をあげて笑い、「私たちは似た者夫婦だ」と楽しそうに言っていた。

「夜会を気鬱に思う者同士、壁のシミにでもなっておこう」

「壁のシミ、ですか？」

「そうだ。壁際に並んで、所在がないような表情を浮かべている者を、そう呼ぶのだ」

「なるほど。そういうわけだったのですね」

壁のシミ――言い得て妙という感じで、思わず笑ってしまった。

「いいですね。では一緒に、壁のシミとなりましょう」

夫は笑みを深めながら、楽しそうにコクリと頷《うなず》いた。

話をしているうちに、太陽が昇って陽の光が畑に差し込む。

夜露をまとった野菜が、キラキラと輝いていた。

「旦那様、朝の野菜は宝石のように美しいですね」

「ああ、そうだな」

たわわに実った夏野菜を、夫と共に収穫する。

キュウリにトマト、カボチャにナス、オクラにサヤインゲンと、あっという間にかごが野菜で満たされた。

夫より先に戻り、井戸の水で野菜を洗う。その後、私は朝食作りに取りかかった。

台所にはすでに、伊万里《いまり》とお萩《はぎ》がやってきていた。

「伊万里、お萩、おはよう」

「おはようございます、奥方様」

「おはようございます」

すでにお萩はご飯を炊いてくれているようだ。竹筒《たけづつ》を通して火に息をふーふーと吹きかけ、火力の調節をしている。

伊万里は干していた野菜を回収し、瓶《びん》に詰めていたようだ。

ひとまず、ナスの味噌汁を作り、他の野菜はサッと揚《あ》げて煮浸しにする。

伊万里には昨日夫が釣ってきた岩魚《いわな》を焼くようにお願いする。内臓を取って塩を振るなどの下ごしらえは昨晩しておいたので、あとは焼くだけである。伊万里は七輪《しちりん》を持って、勝手口から外に出ていった。炭火でパリッと焼いてくれるのだろう。

オクラでゴマ和《あ》えを作り、皿に盛り付ける。そうこうしているうちに、ご飯が炊けたようだ。ふっくらおいしそうに炊き上がったご飯を、お萩がせっせとおひつに移していた。

朝早くから働いていたからだろうか。お腹がぐーっと鳴った。お萩が傍にいたものの、聞こえなかったふりをしてくれたので助かった。

「奥方様、岩魚が焼けたようです。大丈夫でしょうか？」

「ええ、上手《じょうず》に焼けているわ。ありがとう」

岩魚にはダイコンおろしを添えておく。他の料理も皿に盛り、膳《ぜん》に並べていった。

「これでよしっと」

虫明《むしあげ》がひょっこり顔を覗《のぞ》かせたので、夫を座敷に呼ぶようにお願いする。

膳を運ぶ仕事は伊万里とお萩に任せ、身なりを少し整えてから座敷へ向かった。

夫はすでにいて、険しい表情で新聞を読んでいる。

「旦那様、何か事件があったのですか?」

「いや、何やら如何《いかが》わしい霊能商売が帝都で流行《はや》っているようで」

「霊能商売、ですか」

運勢を占ったり、健康になるお茶を売ったり、取り憑《つ》いた悪霊を祓《はら》ったりと、真偽が確かではない行為を大金と引き換えに行っているようだ。新聞には、霊能者のおかげで事業が上向きになったという成功体験が書かれていたらしい。

「かなり怪しいですね」

「ああ」

そんな話をしていると、膳が運ばれてくる。

お萩がおひつに入れていたご飯を、茶碗《ちゃわん》に装《よそ》ってくれた。夫とお揃いの夫婦茶碗は、毎日活躍している。

「では、いただこうか」

「はい」

手と手を合わせて、いただきます。

まずは味噌汁を一口。汗を掻《か》いて働いた身体《からだ》に、塩分が染み渡る。煮込まれたナスはトロトロになっており、極上《ごくじょう》の味わいとなっていた。

岩魚はダイコンおろしに醤油《しょうゆ》をかけたものと共にいただく。淡泊《たんぱく》な白身にダイコンのピリッとした風味が合わさり、舌をこれでもかと楽しませてくれる。

「旦那様《だんなさま》の釣ってきた岩魚、とてもおいしいです」

「それはよかった。この、ダイコンおろしがいいのだろうな」

夫はダイコンおろしを添えた岩魚の塩焼きを、とても気に入ったようだ。

「私の作った野菜も、調理することによって青臭《あおくさ》さがなくなり、また加熱によって甘みを増すものもある。瀬那の料理を食べていると、新しい発見ばかりだ。どれも、生のままで食べていたときには、気づかなかったおいしさだった」

そう。調理することによる醍醐味《だいごみ》はそこにあるのだろう。

もちろん、野菜はそのままでもおいしい。だが、焼いたり、炒《いた》めたり、煮込んだり、揚げたりと、ひと手間加えることによって新しいおいしさに気づくのだ。

「瀬那と結婚しなければ、私は永遠に野菜の真なるおいしさに気づかなかったのだろう」

夫は私に淡い微笑《ほほえ》みを向け、心から感謝していると言った。

その表情を前に照れてしまい、顔を直視できなくなってしまう。

「お気に召していただき、心から嬉しく思います」

結婚当初は、このように穏やかな時間を夫と過ごすことなど考えもしていなかった。

ただ食事を囲むだけという時間が、私は愛《いと》おしい。いつまでもいつまでも続いてほしかったが、そうもいかないだろう。

私と夫の間には、超えられない高く厚い壁がある。

妖狐《ようこ》と、陰陽師《おんみようじ》という両極端な存在なのだ。

ずっと、まだいいのではないか、と真実を告げることを先送りにしていた。

今、言うべきなのではないのか。

夫は私を許さないかもしれない。けれども、それは黙って嫁《とつ》いだ私自身の罪でもある。

受け入れないといけないのだろう。

許してもらえないという現実以上に、このまま嘘をつき続けるのは苦しかった。

だから——。

「瀬那、夜会でそなたのドレス姿を見るのを、楽しみにしている」

その言葉に、私は頷くことしかできなかった。

結局、夫に妖狐であるということを打ち明けられないまま、朝食の時間は終わってしままった。とんでもない意気地《いくじ》なしである。

夫は私のドレス姿を楽しみにしていると言っていた。最後の思い出に、夜会に参加してもいいのではないか。なんて、思ってしまったのだ。

夫は「そろそろ秋の献立《こんだて》を考えないといけない」と話していた。

なんでも秋に旬《しゅん》を迎える、四方竹《しほうちく》という珍しいタケノコが生えるらしい。それを使った献立はどうだろうか、と提案を受けた。

秋に、私の居場所が祁答院《けどういん》家にあるのだろうか？

妖狐だと告げたら、確実に離縁を言い渡され、屋敷を追い出されてしまうだろう。

ずきん、と胸が痛んだ。

私にはどこにも居場所がない。それがどうしようもなく、悲しかった。

夫は御上に呼び出され、出かけてしまった。帰りは夜会前になるという。

仕事の進行状況によっては、会場で待ち合わせるという形になるらしい。

「もしもの時は黎明館の玄関広間に、ひまわりの絵画がある。その前で待っていてくれ」

「わかりました」

夫を見送ったあと、私はひとり秋の献立について考えることとなった。

昼食を食べてひと息ついたあと、夜会の準備を始めると言う。天狐《てんこ》たちが大勢押し寄せ、迫力に圧倒される。

「奥方様、ドレスをお選びになってくださいませ」

「おそらく会場は蒸し暑いでしょうから、なるべく薄い素材のものを集めてみました」

厳選したような口ぶりであったが、それでもドレスは十着以上あった。

夫はいったいドレスを何着買っていたのか。恐ろしくて聞けやしない。

それにしても、派手な色合いのドレスばかりだ。しかも、どれも胸元が大きく開いている。袖《そで》もなく、背中が開いているものもあった。

なんでも、夜のドレスはこの形だと決まっているらしい。逆に、昼間のドレスは首元が詰まった衣装で、露出はいっさいないようだ。

異国文化がわからない。思わず、頭を抱え込んでしまう。

ふと、伊万里が瞳をキラキラ輝かせながらドレスを見つめているのに気づいた。

「ねえ、伊万里。あなたはどのドレスがいいと思う？」

「あ、えっと、あちらの、紫色のドレスがいいと思いました！　奥方様の白い肌が映える一着かなと」

紫といっても明るいものではなく、菖蒲《あやめ》に似た落ち着いた色合いである。

なんでもこのドレスは異国で〝バッスルドレス〟と呼ばれるもので、腰からお尻にかけてフリルがたっぷり施《ほどこ》される。普段着物をまとっている者からしたら不思議でしかない形だが、異国の地で流行《はや》っているらしい。

胸の周囲にはレースがあしらわれており、肩にはリボンが結ばれている。スカートはフリルが段々と重ねられており、裾《すそ》は広がっていた。

これでも、他のドレスより装飾は大人しめである。

「絶対に、こちらがお似合いになると思うのです！」

「だったらそれにするわ」

「本当ですか!?　嬉しいです！」

どれも同じに見えるので、伊万里がいいと思う紫色のドレスに決めた。

お萩がドレス用の下着を持ってきたが、着物を脱いだ私を見て、「必要なさそうですね」と言う。

「こちらは身体の線を美しく見せるように作られた矯正下着《きようせいしたぎ》なのですが、奥方様は痩《や》せておりますので、着用しなくてもよいかと」

「そう？　大丈夫かしら？」

「ええ。問題ありません」

着物は身体が細すぎると貧相に見えるため、布を巻いて着用している。けれども、ドレスは逆に細いほうが美しく着こなせるようだ。

「もっとお食事を召し上がったほうが、よいかもしれないですね」

「ここに来てからは、たくさんいただいているわ」

「それでも、もう少し肉を付けたほうがよろしいかと」

体力と力がつくと、お萩は助言する。他の天狐も、言葉を続けた。

「出産されるときも、痩せすぎていると疲れる、という話を聞いたことがあります」

「ええ、そうね」

夫の子を私が腕に抱く日は訪れないだろう。

よかれと言ってくれた言葉だったが、深く胸に刺さってしまった。

◇◇◇

結局、夫は家に戻らなかった。

天狐を通じて、約束の場所で落ち合おうという連絡が届く。

ひとりでいると、どんどん不安が募《つの》っていった。できるならば、一緒に行きたかったのだが……。

「奥方様、馬車の用意ができました」

「ええ、ありがとう」

ひとりで馬車に乗りこみ、黎明館を目指す。

ガタゴトと車輪が音を鳴らしながら、馬車はどんどん走っていく。

手に持つ扇子《せんす》の手触りが、いつもと違うので戸惑う気持ちが膨《ふく》らんでいくのか。

なんでも異国から取り寄せた、象牙《ぞうげ》を使った品らしい。いつもの竹の扇子とはまったく異なり、少しだけ重みを感じていた。

ドレスの着心地も、私を落ち着かせないものにしているのだろう。ドレスは着物と同じく絹で作られていたが、それは目に見える部分だけ。内側はスカートに膨らみを出すため、ごわついたチュール素材と呼ばれる布が幾重にも重ねられている。

正直、着心地はよくなかった。

夫と会場で会えるだろうか？　ひまわりの絵画が見つけられなかったらどうしよう。

なんて、心配だけが募っていく。

ただひとりというだけで、こんなにも心細くなるなんて……。

「はあ」

憂鬱《ゆううつ》な気持ちを抱えたまま、黎明館へと辿《たど》り着いてしまった。

会場には馬車が列を成しているらしい。しばらくすると、私が降りる番がやってくる。

御者が私に手を伸ばしてくれた。

いつもここにいたのは、夫だった。今になってふと気づく。結婚してからというもの、どこに出かけるにも夫と一緒だったということに。

しっかりしなくては。前を見据え、馬車から降りた。

周囲は男女寄り添って歩く者たちばかりだった。それも当たり前だろう。夜会への参加は、同伴者がいなければ叶わないものだから。

私はひとりで黎明館に入場する。玄関広間には、談笑する者たちで溢《あふ》れていた。

会話は二階にある休憩広間でと教えてもらったものの、玄関広場も十分広いのでここがそうだと勘違いしているのかもしれない。

ひまわりの絵画は、すぐに見つかった。安堵と共に胸をなで下ろす。

あとはここで夫を待つだけだ。

内心ホッとしていたのもつかの間のこと。

カツカツと大理石の床を闊歩《かつぽ》する足音が聞こえ、顔を上げた。同時に、話しかけられる。

「あら、瀬那じゃない」

「朝子《あさこ》……！」

会いたくない人に、さっそく出会ってしまった。

驚いたことに、朝子は燕尾服《えんびふく》姿の寅之助《とらのすけ》と一緒にいた。

寅之助はデパートで会ったときのように、顔を隠していない。

歌舞伎《かぶき》の座頭《ざとう》役者である寅之助がいるので、注意の視線がこちらへ集まっている。

ひとりでいたときよりも、この場が気まずい空間となってしまった。

ここは立ち話をする場所ではない。そう、咎《とが》めるような視線もいくつか混ざっているような気がした。

なぜ、寅之助と朝子が堂々と夜会に参加しているのか。気になったものの、この場で話し込むわけにはいかないだろう。

「祁答院家の奥様が、どうしてひとりでいるのかしら？」

「ねえ、朝子。ここは待ち合わせをする場所なの。話は二階の休憩広場でしないと」

「だったら、二階に場所を移しましょう」

「私はここで夫を待っているの。今は話せないわ」

そう言うと、朝子は目をつり上げ、私をじろりと睨《にら》みつける。

「まあ！　話を聞きたくないから、そんなことを言うのね」

「朝子、本当に、ここでは話せないのよ」

「だから、二階に行きましょうって言っているでしょう」

「旦那様《だんなさま》と入れ違いになったら大変だから、それはできないって言っているのに」

だんだんと、非難の視線が集まっていた。朝子がみっともなく騒ぐからだろう。寅之助も居心地悪いような表情を浮かべていた。

「ちょっと、来なさい」

朝子はそう叫んで、私の腕を掴《つか》む。彼女の長い爪がレースの手袋を引っ掻《か》き、糸の解《ほつ》れを作る。それに気を取られている間に、身体《からだ》をぐいぐいと引っ張られた。

「ちょっと、朝子、やめてちょうだい」

「いいから、こっちに来なさいよ！」

ものすごい力で、振り切れない。周囲は見て見ぬ振りをしていて、助ける者などいなかったが――。

「待て!!　私の妻に何をしている!?」

場がピリリと震えるような鋭い声の持ち主は、燕尾服姿の夫だ。

思わず振り返り、掴まれていないほうの手を差し伸べる。

「旦那様、助けてくださいませ！」

「瀬那！」

夫は私のもとへ駆け寄り、朝子に責めるような視線を投げかける。すると、パッと手が離された。

夫は私の肩を抱き、そっと優しく引き寄せてくれた。

朝子が摑んでいた場所は、鬱血《うっけつ》し青あざになっていた。夫はすぐさま気づき、朝子を責めるように見つめる。

あまりにも強い眼差《まなざ》しだったからか、朝子は「ヒッ！」と短い悲鳴を上げ、寅之助の背後に隠れていた。

続けて睨まれた寅之助は、しどろもどろと話しかけてくる。

「だ、旦那、すみません。その、治療費は、のちほど」

「必要ない」

夫は燕尾服の上着《ジャケット》を脱ぐと、肩に被《かぶ》せてくれる。そして、あろうことか私を横抱きにした。

人込みは勝手に割れて、夫が通る道を作ってくれる。

今度は別の意味で注目を集めてしまい、顔から火が噴き出るのではと思うほど熱くなっていった。

夫は私を横抱きにしたまま、医務室へと向かう。医者に鬱血した腕を診《み》てもらった。

「この程度の内出血ならば、大したことありません」

「この程度？　大したことない？」

夫は圧のある声で、お医者様の診断を復唱する。怖いので、止めてほしい。

「あ、えっと、三日以内には、完治するかと思いますので、その、一日も早い回復をお祈りしております」

お医者様は逃げるように去り、入れ替わるように看護人の女性がやってきて氷嚢《ひょうのう》を当ててくれる。

「こちらを二十分ほど当てていたら、よくなります。青あざが気になるようでしたら、こちらの白粉《おしろい》を少しはたくとマシになるかもしれません」

「ありがとうございます」

朝子が引っ掻いてダメになった手袋も、換えを貸してくれた。

「あの、なんだか慣れているご様子ですね」

「ええ、まあ」

看護人の女性は遠い目をする。

私と朝子のように黎明館で叩いたり引っ掻いたりと、喧嘩《けんか》をする人というのは珍しくないのかもしれない。

なぜならば、ここは出会いと別れの場でもあるから。

奥にある休憩室で、しばし青あざを冷やすことにした。夫も傍にいてくれるという。

「その、大丈夫なのですか？　御上が旦那様をお待ちしているのでは？」

「今、瀬那の傍にいること以上に大事なことはない」

「そ、そうですか」

膝にある手に、夫が指先をそっと重ねる。

「すまなかった。私の参上が遅れたばかりに、瀬那をこのような目に遭《あ》わせてしまった」

「いえ、これはただの姉妹喧嘩ですから」

「一方的にやられることを、姉妹喧嘩とは言わないだろう」

たしかに、朝子の行動は暴力と言っても過言ではない。ただあの場でやり返したら、祁答院家の名に傷が付く。だから、やり返さなかったのだ。

「そなたが望むのならば、私はどこからでも駆けつけ、助けられる契約を結ぶことができるのだが……」

「それは、陰陽師の術的なものなのですか？」

「いや、呪《のろ》いのようなものだな」

呪いと聞いてぎょっとするも、呪いは〝まじない〟とも読む。決して、邪悪な類《たぐい》のものではないのだろう。

「この契約は生涯《しょうがい》、たったひとりにのみ誓えるものだ」

「でしたら、誓っていただくわけにはまいりません」

「どうしてだ？」

「それは――」

〝今〟ではないのか。夫に真実を告げるのは。

膝の上で優しく握られた手が、払われてしまうかもしれない。

それでも、言わなければならないのだろう。

「あの、旦那様、お話しがあります」

「聞きたくない」

夫は短くそう言って、なぜか親指の指先を噛《か》む。

犬歯で皮膚《ひふ》を裂き、唇が赤く染まった。

口紅のように真っ赤に唇を染めた夫は、ゾッとするほど美しい。

いったいなぜ、そのようなことをしたのか。

そう思ったのと同時に、夫は私の肩を掴んで引き寄せる。

「あの、旦那さ――んむ！」

突然、口を唇で塞《ふさ》がれてしまった。

ドクンと、心臓が大きく跳ねる。

舌が口内に侵入し、血の味が口に広がっていった。

視界がちかちかと白みを帯び、くらくらと目眩《めまい》も覚えた。

ほんの少しだけ残った意識が、これは〝呪い〟であると訴えてくる。

夫は私の意志に反し、術をかけたようだ。

胸にチリっと軽い痛みが走る。何かと思って見下ろすと、胸に赤い曼珠沙華《まんじゆしやげ》の入《い》れ墨《ずみ》のようなものが浮かんでいた。

この花は、祁答院家の家紋と同じである。なぜここに、と混乱状態となった。

「旦那様、こ、これは!?」

「私と瀬那の、契約の証《あかし》だ」

夫が曼珠沙華に唇を寄せると、消えてなくなる。

大胆《だいたん》な行動に、悲鳴を上げそうになった。

「旦那様、困ります！　私は――んん！」

またしても、口づけで発言を阻《はば》まれてしまう。

何がなんでも、言わせないつもりなのか。

苦しくなって胸を叩くと、夫は解放してくれた。

ぜえはあ、と息をはいて整える。

いったいなぜ、私の告白を聞きたくないのか。夫のほうを見ると、強い眼差しで私を見ていた。

「旦那様、私は、このような契約を賜《たまわ》るに相応《ふさわ》しい女では、ないのです」

「相応しいかどうかは、そなたが決めるのではない。私が決めるのだ」

「それは、そうかもしれませんが」

契約印が刻まれた場所が、チリチリと鈍い痛みを訴える。消えてなくならないかとぎゅっと押さえたが、叶わないことなどわかっていた。

「そなたがずっと、何かを打ち明けようとしていたのは、知っていた。迷いや悩み、苦しみが入り交じったような表情でいたので、重大な秘密を告げようとしていたのだろう？」

夫の言葉に、深く頷《うなず》く。どうやら、私の葛藤《かっとう》はすべて顔に出ていたようだ。

「わかっていて、ずっと知らぬ振りをしていた」

「それはどうしてですか？」

「秘密を打ち明けたあと、瀬那が私から離れていくような気がしたからだ」

そうではないと、首を横に振る。私が出ていくのではなく、夫のほうが距離を置くような重大な秘密だ。

「瀬那、それは墓場まで持っていけ」

「え?」

「ずっと、秘密のままでいろ。知りたいとは思わない。今のまま、私の傍にいればいい」

それは絶対に許されないことだ。秘密のまま、夫の傍になんていられない。

「もしも抱えるのが苦しいときは、伊万里にだけ話せ。あれは、信じがたいほどそなたに心酔しており、口が堅い」

なんでも、好奇心から日頃の私の様子について聞きだそうとしたものの、断乎《だんこ》として喋《しゃべ》らないらしい。

「気になるならば、瀬那から直接聞けと言って、まったく命令を聞かないのだ」

「伊万里が……。そう、だったのですね」

そういえばここ最近、夫が「昼間は何をしていた?」と聞くようになった。伊万里が話さないので、直接聞いてくれるようになったのだろう。

「私は、今のままで十分幸せだ。これ以上、瀬那に望むものはない」

「それでも、私は本当に、旦那様《だんなさま》のお傍にいるような女ではないのです」

「聞き分けがないと、また唇を塞ぐ」

恐ろしい宣言を受けたので、思わず指先で口を覆《おお》う。すると、夫は途端に不機嫌な表情となった。

「なんだ、その反応は」

「い、いえ」

「夫婦が口づけをするなど、まったくおかしなことではない。それなのに、嫌がるような態度を取るとは」

「い、嫌ではありませんでした」

そう訴えると、夫の眉間《みけん》の皺《しわ》は解《ほぐ》れていく。これは、正解の発言だったのか。はしたないように思えてならなかったのだが……。

夫は私の両手を握り、あろうことか乞《こ》うように額をくっつける。

「瀬那、頼む。これからも、私の傍にいてくれ。それだけでいいから」

「旦那様……」

本当に、いいのだろうか。このまま、妖狐と告げないまま夫の傍にいても。

良心がズキズキと痛む。

平然と、妻としていられるほど図々《ずうずう》しくはない。

けれども――握られた温かな手を、払って去ることなどできなかった。

「旦那様が、その、私でいいとおっしゃるのならば、そのときまで、お傍にいさせてくださいませ」

「瀬那!!」

夫は顔を上げると、ぎゅっと力強く私を抱き寄せる。

胸がいっぱいになる。同時に辛《つら》くもあった。

それでも、私は夫の傍にいたい。そう、強く望んでしまった。

しばし抱き合い、落ち着きを取り戻したあと、夫は消え入りそうな声で打ち明ける。

「近いうちに、祁答院家の呪いについて、瀬那に話そうと思う」

「旦那様、それは――」

結婚当日に聞いた呪いについて、夫はこれまで口にしなかった。私も詳しく聞く気はなかったのだ。

私を信用し、話す気になったのだろうか。よくわからない。

「お辛いのであれば、別に言わずともよいのですが」

「いいや、瀬那に聞いてほしい。ただ今は言いたくない。時が訪れたら、必ず打ち明けよう。約束する」

「はい、お聞かせくださいませ」

「ありがとう」

果たして、祁答院家の呪いとはなんなのか。

結婚してから今日まで、不可解な力は何も感じなかったが。

まあ、いい。夫が話してくれる日を、いつまでも待っていよう。

「そうだ、瀬那。契約についてだが」

「あ！」

再び、曼珠沙華の花が胸に浮かび上がる。夫の意志で消えたり現れたりするらしい。

「あの、恥ずかしいので、消していただけますか？」

「私との契約が、恥ずかしいだと？」

「いえ、その、なんといいますか……」

胸に花が刻まれていたら、注目を集めてしまうだろう。場所が場所だ。あまり見てほしくない。

「まあ、この契約の印を他の者に見せるわけがないが」

そう言うと、曼珠沙華の花は再び消えた。ホッと胸をなで下ろす。

「この契約印は、私と繋《つな》がっているという証だ。危機が訪れたさい、助けるように命じると、すぐに参上できる」

「そ、それはなんだか──」

式神《しきがみ》の契約のようだとはとても言えない。出かかった言葉は、ぐっと呑《の》み込む。

「まあ、式神の契約みたいなものだな」

「っ‼」

なぜ、はっきり言ってしまうのか。その点は、ぼかしてほしかった。

「旦那様、なんて契約をしてくれたのですか！」

「迷惑なのか？」

「迷惑なのは、旦那様のほうでしょう？」

「私はそうは思わない」

歴史ある祁答院家のご当主様が、私みたいな女の支配下にいるなんてありえないだろう。

「何か聞きたいことがあるか？」

「ちなみに、契約解除の方法は？」

「呪いだと言っただろう。私が死する以外に、解呪の方法はない。諦めろ」

「そ、そんな！」

解除できないのに、式神のような契約を結んでしまうなんて。

思わず頭を抱え込んでしまった。

契約印が刻まれた辺りが熱くなってくる。別に、曼珠沙華の模様が浮かんでいるわけではないのに不思議だ。

同時に、これまで感じたことのない力がみなぎってくる。

おそらく、夫の力の一部が流れ込んできているのだろう。

これが、式神契約の恩恵なのか。

それにしても、陰陽師が妖狐と式神契約を結ぶなんて前代未聞だろう。

妖狐を支配下に置く陰陽師ならば聞いたことがあるが、その逆はない。

夫と同じ陰陽師であれば、解約できるのだろうか。

これ以上、陰陽師との接点を増やしたくないのだが……。

「それはそうと、妹君についてなのだが、婚約したようだな」

「あ、はい」

「社交場では、有名料亭〝花《はな》むしろ〟の若女将《わかおかみ》と、歌舞伎《かぶき》界の新星である寅之助の結婚ということで、注目が集まっているらしい」

「な、なるほど」

なんでも、大衆雑誌で大々的に報じられていたという。そこにはしっかりと、朝子が若女将として手腕を振るっていたと書かれてあったようだ。

きっと朝子の結婚に箔《はく》をつけるために、若女将としての活躍を書いていたに違いない。

「若女将を立派に務めていたのは瀬那だ。出版社に抗議したいのだが」

「いえいえ、大丈夫です。私は気にしておりませんので」

「瀬那の頑張りを、妹の手柄として周知されるのは面白くない」

「ですが、私は朝子として〝花むしろ〟に立っておりましたので」

間違いを正したら、姉妹が入れ替わって女将を務めていたことがバレてしまう。それはそれで、〝花むしろ〟の信頼に響くものだろう。

「それにしても、驚きました。父が朝子を歌舞伎役者に嫁《とつ》がせるなんて」

「女将としてモノにならないから、手放したのだろうな」

梨園《りえん》の妻も大変である。とても彼女に務まるとは思えなかった。

問題はそれだけではない。朝子は妖狐である。人間である寅之助との間に子どもが生まれるわけがない。その辺の問題を、どう解決するつもりなのか。

特に、歌舞伎の世界は血縁関係者のみで回っている。子どもが生まれないとなれば、朝子の立場も悪くなるだろうに。

「そろそろ、会場に戻らないといけないですね」

「このまま帰ってもよいのだが」

「よくないですよ」

一度、化粧《けしょう》を整えないといけないだろう。

「少し化粧を直す時間をいただけますか？」

「わかった。もし何かあったら、私を呼べ」

「は、はあ」

果たして、契約印を通じて夫を呼ぶ日が訪れるものか。

恐れ多くて、使える気がしない。

「瀬那、ひとつ言っておく」

「なんでしょうか？」

「その契約印はそなたの危険を察知し、私に知らせる機能も備わっている。だから、瀬那が呼ばずとも、駆けつける時があるからな」

「はい。覚えておきます」

「危機の度合いは、私が判断する。もしかしたらそなたが転んでも、来るかもしれない」

「それはちょっと」

「転倒も、大怪我《おおけが》になりうるからな」

転んだだけで夫が駆けつけるなんて、いささか過保護ではないのか。

私が抗議したところで、夫は聞かないのだろうが。

何はともあれ、化粧直しに行かなければならない。夫はここで待っているようにお願いし、ひとり化粧室へと移動する。

化粧室にはこの世で一番会いたくない人物が、化粧直しをしていた。朝子である。

彼女以外誰もいない部屋で、知らぬ振りなんてできない。イヤイヤ声をかける。

「朝子……」

「ん？　あら、祁答院家の奥様じゃないの」

声色から、表情から不機嫌な様子がありありとわかる。こういう状態の朝子に、声をかけたくなかったのだが。

ひとまず、結婚について触れておく。

「あの、歌舞伎の御方と結婚が決まったようで。その、おめでとう」

「正式発表はまだなのよ。まさか、下品な大衆雑誌の記事でも読んだのかしら？」

「違うわ。この前〝花むしろ〟に行ったときに、あなたの結婚話を聞いていたからよ」

こういった公《おおやけ》の場に同伴できる異性は、家族か結婚を約束した者同士でなければならない。知り合い程度で連れ合って歩くことなど、あってはならないのだ。

寅之助と夜会にやってきた時点で、朝子と寅之助の結婚は決まっていると主張しているようなものである。

「朝子、子どもはどうするの？　人との間には、子どもはできないってこと、わかっているの？」

「やだわ、結婚が決まった途端に子どもがどうこう言うなんて。親戚《しんせき》の、うるさいおばさまみたい」

「ねえ朝子、真面目《まじめ》に答えて」

蓮水《はすみ》家が人の世に紛《まぎ》れて暮らすには、人間に嫁がず、妖狐内で婚姻を繰り返し、化けの技術を継承していかなければならない。

私が夫に嫁いだのは、例外中の例外。朝子も同じように、人間に嫁ぐという行為が許されるわけがなかった。

「お父様は、この結婚になんと言っているの？　まさか、勝手に婚約したわけではないわよね？」

「心配しなくても、この結婚はお父様が持ってきたの」

「え!?」

「だから、余計な心配はしなくてけっこうよ」

父が寅之助との結婚を許可し、申し込んだと!?

いったいどうして？　謎がさらに深まった。

「子どもは、別に私が産まなくても、妾《めかけ》を迎えたらいいのよ」

「あなた、どうしてそんなことが言えるの？」

もしも、もしもだ。

夫が子どもを必要とし、妾を迎えると言いだしたら――仕方がないと受け入れつつも、心のどこかでモヤモヤしてしまうだろう。

朝子にそういった感情はこれっぽっちもないように思える。

都合が悪い事情はすべて他人に解決させたらいいと、どこかなげやりな態度を取っているようにも見えた。

「あなた、夫となる男性《ひと》を、愛していないの？」

「愛？　何それ。結婚に愛なんかあるわけないじゃない」

「だったらなぜ、彼と一緒にいたの？」

「祁答院家の当主に見劣りしない男と、結婚したかったの」

衝撃的な一言に、言葉を失ってしまう。

朝子は結婚相手を装身具と同等に語っているのだ。

「お父様が、寅之助の弱みを握っていたようなの。だから、結婚話がまとまったのよ。これから忙しくなるわ。結婚式には、瀬那も参加してよね」

朝子と話していると、頭が痛くなる。これ以上、会話を続けることは困難だろう。言動が、考えが、理解の範疇《はんちゅう》をはるかに超えているから。

手早く化粧を直し、朝子に掴《つか》まれてできた青あざにも白粉《おしろい》をはたいておく。

これでよし。

これ以上話すことなどないので、何も言わずに化粧室をあとにする。

足早に夫のもとへと戻った。

夫と共に、大広間へと移動する。

立食式の夜会ということで、皆円卓を囲み、和《なご》やかな雰囲気《ふんいき》の中で会話をしているように見えた。

こういった場に参加するのはもちろん初めて。心臓が口から飛び出るのではないかと思うくらい、ばくばくと脈打っているような気がした。

会場に一歩足を踏み入れると、人々の視線が一気に集まる。夫が夜会に参加するのが初めてということもあるのだろう。夫は堂々たる足取りで会場内を闊歩《かっぽ》し、共通の顔見知りを発見する。

夫を紹介した仲人《なこうど》、九条《くじょう》さんだ。

「九条、久しいな」

「ああ、祁答院さん！」

九条さんへ練習した淑女《しゅくじょ》の挨拶《あいさつ》をすると、胸に当ててぺこりと会釈《えしゃく》を返してくれた。

「いやはや、一時はどうなるかと思いましたが、仲むつまじい様子を見て安心しました」

「見てのとおり、順風満帆《じゅんぷうまんぱん》だ」

「ええ、ええ。本当にお似合いです」

給仕係が飲み物を持って近づいてくる。果実を搾《しぼ》ったものをふたり分頼み、受け取った。

片方は夫へ手渡す。

九条さんと会話が途切れると、あっという間に囲まれてしまった。

皆、祁答院家の当主である夫と、何かしらの縁故を繋《つな》ぎたいのだろう。

夫は九条さんに見せたような口数の多さを、他の人へ発揮することはない。「ああ」か「そうか」で会話を終わらせる。

それでも、次から次へと話しかける人は絶えず、人の多さに圧倒された。

あとどれくらい、このような状況が続くのだろうか。

若干《じゃっかん》うんざりしてきたところで、異変が起こる。

「きゃあ！」

「うわ！」

遠くから悲鳴が聞こえる。いったい何事なのか。

夫は私を庇《かば》うように抱き寄せ、一歩後退《あとずさ》る。

人々を掻《か》き分けるように前へと出てきたのは、四十代半ばくらいの中年女性だった。

今回の夜会での服装規定はドレスであったが、ただひとり着物姿である。

興奮しているのか顔を赤く染め、息づかいも荒い。

その女性は私を指差しつつ叫んだ。

「この女性は、不吉です!!　狐が、取り憑《つ》いています!!」

ドクン、と胸が大きく跳ねる。

頭がぐらぐらと沸騰《ふっとう》しているように熱くなり、視界はチカチカと点滅していた。

「私は、霊能者だから、わかるんです!!　その女性は、極めて危険な状態だと!!」

霊能者――そういえば、夫が先日話していた。人々の間で、ちょっとした流行になっているると。

まさか、この会場にいるなんて思いもしなかった。

霊能者の訴えを聞いたからか、周囲にいた人たちは波が引いていくようにサーッと下がっていく。

私に、畏怖《いふ》の視線を向ける者もいた。

「狐を、追い払いましょう!!」

霊能者が私に腕を伸ばしたが、夫が叩《はた》き落とした。

そして、凜《りん》とした様子で命令する。

「誰ぞ、この女を捕らえろ!!」

どこからともなく軍服に身を包んだ軍人たちが現れて、女性は拘束《こうそく》される。

ズルズルと引きずられるようにして、会場をあとにした。

騒ぎの原因はいなくなったものの、完全に収まったわけではない。

狐が取り憑いていると糾弾《きゅうだん》された私を、怪しんでいるような空気になっていた。

ガタガタと震える私を夫は強く抱きしめ、耳元で「大丈夫だ、心配はいらない」と囁《ささや》く。

このような状態になってしまったら、もう終わりなのではないか。

ここから消えてなくなりたい。そう願っているところに、声が響く。

「――陛下の御成《おなり》!!」

これまで一度も開いていなかった扉が開かれる。

皆、息を呑《の》み、一瞬にしてシーンと静まり返った。

扉の向こう側には、燕尾服《えんびふく》姿の男性が立っていた。

むやみやたらと見るのは失礼なので、膝を少し折り、目を伏せた状態で待つ。

夫は私から離れ、胸に手を当てて会釈するような姿勢を取っていた。

カツン、カツンという足音が、妙に大きく聞こえた。緊張のあまり、ガタガタと全身が震えてしまう。

足音がだんだん大きくなってくる。

まさか、こちらへ向かってきているというのか。

夫は御上の側近だ。言葉を交わす可能性も否《いな》めない。

足音は私たちの前で止まった。

「祁答院よ、自慢の愛妻を紹介してくれ」

「はっ！」

夫は優しく私の背に手を添えて、「妻の瀬那です」と紹介する。

「ふむ、お前が瀬那か。料亭〝花むしろ〟で働いていて、そのさいに祁答院と出会ったらしいな」

まさか私にまで声をかけてくるとは。緊張していて、ただ返事をするだけなのに声が完全に震えていた。なんとも恥ずかしい。

「瀬那、祁答院伊月《いつき》という男はとんでもなく頑固だ。どうか、根気強く付き合ってくれ」

「はい」

御上は夫にも「妻を大事にするのだぞ」と声をかけ、踵《きびす》を返す。

他の人たちには目もくれず、そのまま帰っていってしまった。

どうやら、夫と話をするためだけに、会場に顔を出したようだ。

御上が去っても、会場内は静まりかえっていた。

夫が耳元で囁く。

「これまで、御上がこのような場に姿を現したことなどなかったのだ。そのため、皆呆気《あっけ》に取られたように驚いている」

「そ、そうだったのですね」

目的は果たした。そう言って、夫は私の肩を抱いて会場から去る。

そのままの足で、馬車に乗りこんだ。

気まずい沈黙が、車内に漂っていた。

陰陽師の妻が妖狐だと霊能者に指摘されて、さぞかし自尊心が傷ついただろう。

申し訳なくて、馬車から飛び降りてしまいたい。

なんと言って話を切り出そうか。考えているところに、夫のほうから話しかけてくる。

「大変だったな」

「え？」

「突然御上に話しかけられて、困惑しただろう？」

それよりも前に大変な人に絡まれたわけだが、そこに触れてはいけないのだろうか。

「ずっと私に、瀬那を紹介してくれと言って聞かなかったのだ。まさか、今日接触してくるとは思わなかった」

「は、はあ」

今日現れることを、夫はやんわりと聞いていたらしい。けれども、本当に御上がやってくるとは思っていなかったようだ。

「気軽に、民の前に姿を現すような御方ではないからな」

「ええ」

夫も無表情でいたが、内心は驚いていたらしい。

「御上が我々の結婚を祝福してくれた。だから、何も心配はいらない」

その言葉は暗に、霊能者の言葉など気にするなと言っているように思えてならない。

けれども、私は霊能者の言う通り妖狐なのだ。

いくら御上の祝福があったとしても、疑いの目で見る人は出てくるだろう。

「旦那様《だんなさま》、私は――」

「何も言うな。言わなくていいから」

夫の言葉に、私はこくんと頷《うなず》くことしかできなかった。

◇◇◇

ここ最近、法師蟬《つくつくぼうし》の鳴き声が、よりいっそう大きく聞こえる。

ツクツクボーシ、ツクツクボーシと耳にすると、もう夏が終わるのだなと、しみじみ思ってしまうのだ。

そんな法師蟬が鳴く昼下がりに、祁答院家に待望の品が届く。

それは、氷削機《ひょうさくき》である。

氷を削《けず》るためだけに作られた装置で、台座に氷を設置し持ち手を回すと簡単に氷が削れるのだ。

料亭〝花むしろ〟でも、氷を削った氷菓〝かき氷〟は夏の名物となっていた。

特製の蜜をかけたかき氷は絶品だ。夫にも食べさせてあげたいと、思っていたのだが、上手《うま》く作れなかったのだ。

というのも、かき氷は大工さんが使うような台鉋《だいがんな》を削って作られる。

私もそのやり方で削ろうと思っていたのだが、ゆきみさんから貰《もら》った氷鞠《こおりまり》で作る氷は円形状のものしか作れない。そのため、台鉋では削りにくく、試行錯誤《しこうさくご》しているうちに削った氷が溶けてしまったのだ。

どうしたものかと考えていたら、百貨店の商品目録《カタログ》の中に氷削機を発見する。ただ、氷削機は店頭販売されている品ではなく、受注生産だった。そのため、注文してから一ヶ月も待ったのだ。

夏が終わる前に届いてよかった。さっそく、かき氷を作る。

伊万里やお萩も、氷削機に興味津々《しんしん》だった。八咫烏《やたがらす》も気になるのか、飛んできて私の肩に留まった。

「あの、奥方様。本当に、こちらの品で氷が削れるのですか？」

「信じがたいです」

「本当に、そう思うよね」

この氷削機が発明されたのは、二十年ほど前らしい。けれども、氷自体が一般家庭に普及していないため、需要《じゆよう》が高まることはなかったようだ。

そのため、受注生産という形で販売していたというわけである。

「では、始めましょう。伊万里、氷鞠をついて、氷を作ってくれる？」

「はーい！」

伊万里は慣れた手つきで、氷鞠をポンポンポンと三回つく。跳ね返ってきた鞠を手にした瞬間、中に氷ができるようだ。

それを、お萩が卵を割るように調理台に叩きつけ、鞠を割る。

中から、まん丸の氷が出てきた。同時に、鞠は元の形へと戻っていく。

円形状の氷を氷削機に設置し、持ち手を握ってくるくる回す。

すると、淡雪のような氷はらはらと落ちてきた。

「簡単に削れたわ！」

「すごいです！」

「本当に！」

伊万里だけでなく、普段冷静なお萩も驚いた表情を見せていた。

八咫烏は氷削機に近寄り、落ちた氷を突《つつ》く。すると、おいしかったのか嬉しそうに「カー！」と鳴いた。

「さあ、どんどん削っていきましょう」

「はい！」

伊万里がガラスの器《うつわ》を設置してくれる。この器は、かき氷のために買っておいたのだ。やっと、夫にお披露目できそうだ。

シャリ、シャリ、シャリと音を立てて氷が削られる。伊万里やお萩と交替しつつ、二杯のかき氷を削った。

削った氷はふわふわに仕上がっていた。この氷はきっと、台鉋で削ったものよりも舌触りがいいだろう。

そんなかき氷に、桑の実で作った蜜をたっぷりかけた。

あっという間に、かき氷の完成である。

「奥方様、ご主人様を裏座敷の縁側に呼んでまいりますね」

「ええ、お願い」

お萩は八咫烏のためにかき氷を作ってくれるという。八咫烏は嬉しそうに、ジタバタと跳ねていた。

私はかき氷の載った盆を持ち、裏座敷の縁側を目指す。

夏の終わりとはいえ、まだまだ暑さが残る。かき氷を食べるのに、うってつけの日というわけだった。

「瀬那、待たせたな」

「旦那様」

着流し姿の夫が、縁側に置かれた座布団の上に腰かける。

「氷を削りました。初夏に伊万里と採った桑の実の蜜をかけたものです」

「うまそうだ」

「どうぞ、召し上がってください」

夫はガラスの器を手に取り、太陽の光にかき氷をかざす。

「氷も、蜜も、器も美しいな」

その一言に、頬《ほお》を熱くしてしまう。どれも、こだわったので気づいてもらえてとても嬉しかった。

ドキドキしながら、夫がかき氷を口に運ぶ様子を見守る。

「これは――すごい。一瞬で、氷がなくなってしまった。信じがたいほどなめらかな舌触りの氷だ。桑の蜜は甘酸《あまず》っぱく、この繊細《せんさい》な氷によく合う」

おいしいという感想を聞いて、ホッと胸をなで下ろす。どうやらお口に合ったようだ。

続けて私も桑の蜜がかかったかき氷を一口。

氷はふわふわで、夫が言っていたとおり一瞬で消えてなくなった。桑の蜜が濃く、氷のおいしさを際立《きわだ》たせてくれる。

「そなたは、私に涼まで運んでくれるのだな。ありがとう」

「喜んでいただけて、とても嬉しいです」

「もしや、先日購入した氷削機で作ったのか？」

「はい」

「大変だったのではないのか？」

「いえ、そこまで力を入れずとも、このようにふわふわな氷が仕上がるのです」

「そうだったのか」

〝花むしろ〟時代には、鉋で使って削っていた話をすると夫は驚いていた。

「おそらく、街で食べられる氷のほとんどは、鉋で削って作られているのかと」

氷削機を運んできた百貨店の販売員が話していたのだ。かなり便利な品だが、帝都で使っているのは一台か二台くらいだと。ほとんどの店で、氷はいまだに鉋を使って削られているようだ。

「なんでも、新しいものに対して、慎重な姿勢を見せる方が多いそうです」

「その気持ちは、たしかに理解できる。そなたはなぜ、氷削機を使おうと思い至ったのだ？」

「私は、もともと父が新しい物好きで、異国の輸入雑貨や家財が毎月のように運ばれてくるので、見慣れない新しい物に対する抵抗がなかったのかもしれません」

「なるほどな」

夫は腕を組み、しみじみするように頷いている。

「柔軟な考えを持つそなただからこそ、我が家での暮らしを受け入れられたのかもしれないな」

「それは、そうですね」

あやかしや式神《しきがみ》がいる暮らしを受け入れられたのは、私が妖狐であり、料亭で働いていた経験者だからだろう。

どちらかが欠けていたら、きっと受け入れがたいものだったに違いない。

「瀬那はいつも私を労《いたわ》り、感謝し、喜ばせようとしてくれる。本当に、ありがたいことだ」

「いえ」

夫の喜びは、私の喜びでもある。だから、私のためにしていると言っても過言ではない。

「私も瀬那に何かしてやりたいのだが」

「私は、これ以上何も望みません。旦那様《だんなさま》が妻としてお傍に置いてくださるだけで、とても幸せなのです」

「瀬那……」

夫は私を抱き寄せ、じりじりと灼《や》けるような熱い視線を向ける。

耐えられずに目を閉じると、そっと口づけされた。

幸せな気持ちが、じわりと胸に広がっていく。

同時に、真実を伝えられない罪悪感が悲鳴をあげていた。

これでいいのか。

問いかけるが、答えはでてこない。

◇◇◇

夫と共に、初めてのお彼岸《ひがん》を迎える。

朝から小豆《あずき》を炊《た》いて、おはぎを作った。それを持って、山の奥にあるという祁答院家のお墓参りをする。

なぜ、人は春はぼた餅《もち》を、秋はおはぎをお供えするのか。そもそも、ぼた餅とおはぎは同じ甘味である。

幼少期に疑問だった私は、料理長に質問した記憶があった。

なんでも、春の彼岸は牡丹《ぼたん》の花に見立ててお供えし、秋の彼岸は萩に見立てておはぎをお供えするのだという。

小豆の赤は邪気を祓《はら》うともいわれており、また、貴重な砂糖を使ったお菓子を亡くなったご先祖様にお供えすることによって、子孫を守ってくださいと願う意味があるようだ。

もちろん、説はさまざまあるようで、これが正解とは言えないと料理長は話していた。

祁答院家のお墓には、曼珠沙華《まんじゅしゃげ》が咲き乱れている。

この世の景色とは思えない、幻想的な雰囲気《ふんいき》が漂っていた。

「これは、すごいですね」

「祁答院家の先祖が、野生の獣や虫除《むしよ》けを目的に植えたらしい」

なんでも曼珠沙華の球根には毒があるようで、その威力を発揮してくれるようだ。

夫は亡くなった父親の墓の前で止まり、険しい表情でじっと見つめる。

親子の間で、何かあったのだろうか。聞けるような空気ではなかった。

ひとまず礼拝したのちに、お墓の掃除《そうじ》を始める。

周囲に生えている草花を抜き、墓石をきれいに洗い流す。

墓石を洗っている間に、ふと気づく。

「瀬那、どうした?」

「あ――えっと」

「気になることがあったのか？」

「はい」

「申してみよ」

夫に気づかれてしまっては仕方がない。正直に打ち明ける。

「あの、お墓に、女性の名がなかったので」

「ああ、話していなかったな」

夫は墓石の前にしゃがみ込み、亡くなったご先祖様の名を指先でなぞる。

そして、驚くべき事実を告げた。

「祁答院家に入った女性は、跡取りを産むとかならず姿を消すのだ」

「それは、どうしてですか？」

「祁答院家の呪いに、耐えきれなくなるのだ」

「呪い……！」

それは何度か夫が口にしていた。しかしながら、祁答院家に嫁入りした女性すべてが姿を消す呪いとは、どういうことなのか。

「瀬那、安心しろ。そなたは、そういう事態にはさせないから」

「ええ」

夫は呪いについて、いつか話すと言っていた。それは、今ではないのだろう。

話してくれるまで、待つしかないようだ。


先日まで汗ばむ日々が続いていたが、あっという間に冷たい風が吹き始める。

山の木々も紅葉し、赤や黄色の美しい色に染まっていった。

夏が終わり、秋の訪れを感じる。

伊万里とともに庭で栗拾《くりひろ》いをしていたら、虫明が慌てた様子で駆けてきた。

「奥方様！」

「虫明、どうかしたの？」

「お客様が、いらっしゃっております」

強い風が吹き、はらりと紅葉《もみじ》が落ちてきた。

まだ青く、落葉するはずのない若い葉である。肌が粟立《あわだ》つのと同時に、嫌な予感がした。

祁答院家の周囲には結界《けっかい》が張り巡らされ、招かれた客人以外近づけないようになっていると聞いた。

今日、来客の予定なんてなかった。さらに、今、夫はいない。

つまりは招かれざる客が、やってきたというわけである。

「あの、一応奥方様とは面識があるようで、丹川須賀子《あかがわすがこ》様と、名乗っておりました」

「私の、知り合い？」

記憶力はいいほうで、料亭〝花むしろ〟の常連の名はすべて暗記していた。けれども、丹川須賀子の名は記憶に残っていない。

四十代から五十代くらいの、喪服《もふく》を纏《まと》った女性だという。

母の知り合いだろうか。

そうだとしても、祁答院家に直接押しかけるのは礼儀《れいぎ》に反するだろう。

私がすべきことは――ひとつしかない。

「虫明、申し訳ないのだけれど、お客様には一度、お帰りいただくようお願いしてくれる？」

「かしこまりました」

再訪するとしたら先に先触れを出し、夫がいるときに訪問してほしい。そう伝えてくれと虫明に頼んだところで、思いがけない展開となる。

「ああ、ここにいらしたのですね！」

庭の木々を分け入りやってきたのは、先日の夜会で私が不吉だと糾弾《きゅうだん》した霊能者だった。

彼女が〝丹川須賀子〟だったようだ。

たしかに面識はある。けれども、きちんと名乗り合った知り合いではない。

いったい何をしにきたというのか？　手にした柄杓《ひしやく》と手桶《ておけ》は何のために持ってきたのだろう？

何もかも、わからなかった。

「やはり、あなたには狐が憑《つ》いているようです。普通の狐ではありません。九本の尾を持つ、邪悪な白狐《びやっこ》です」

「え？」

九本の尾を持つ白狐とは、妖狐の始祖《しそ》たる九尾《きゆうび》の狐だ。

何か、勘違いをしているようだ。

「あの、落ち着いてくださ――」

「成敗《せいばい》!!」

そう言って、手桶の中にあるものを柄杓で掬《すく》い、私にぶちまける。

「あ！」

それは、神聖なる祈りが込められた神酒《みき》であった。

妖狐である私にとっては、毒でしかない。

皮膚《ひふ》が灼けるように熱くなる。たった一度浴びただけなのに、その場に立っていられずに膝をついた。

「お、奥方様!!」

「大丈夫ですか!?」

虫明と伊万里が駆け寄ってくるが、霊能者丹川須賀子は短刀を投げつける。

ふたりは回避したものの、身動きが取れなくなってしまった。

よくよく見たら、短刀は虫明と伊万里の影を刺している。

影縫《かげぬ》い――陰陽師が使う、呪術のひとつだ。

彼女は霊能者であり、陰陽師でもあるようだ。

「邪魔者はいなくなったから、早くお祓いをしないと」

そう言って丹川須賀子は柄杓で神酒を掬い、私の頭上からかける。

肌が、焼けるように熱い。

今すぐにでも変化の術を解いて、ここから逃げ出したい。

けれどもそれをしたら、私が妖狐だと認めることになる。

話している様子から、彼女はきっと私が妖狐だと気づいているわけではない。妖狐が取り憑いた、気の毒な女性だと思っているのだろう。
この場を耐えたら、なんとかなる。
夫は呼ばなくても大丈夫だろう。もうちょっとの辛抱《しんぼう》だと思っていたが――。
晴れ渡っていた空に、曇天《どんてん》が広がっていく。
どこからか、ゴロゴロと雷の音が聞こえていた。
「ああ、天候が悪くなるなんて不吉な！　早く終わらせますからね」
「……」
奥歯を嚙《か》みしめ、痛みに耐える。
あとどれくらいで、手桶の神酒がなくなるのか。
いっそのこと、手桶ごとひっくり返して、一気に浴びせてほしい。
身体《からだ》は冷え、痛みはどんどん増していく。
一方で、夫と交わした契約印がある胸辺りが、熱を持っていた。
助けは求めていない。来なくてもいい。
そう願った瞬間、稲光《いなびかり》で周囲が白く霞む。間を置かずに、ドン!!　と雷が落ちた。
庭に高くそびえる松の木が、雷によって両断された。
煙を上げ、パキパキと音を鳴らしながら割れていく。

その間から、人影が見えた。

夫だった。

突如として現れた夫は、狩衣《かりぎぬ》姿で手には抜刀《ばっとう》状態の刀を手にしていた。

非常に物騒な状態での登場である。

「屋敷に、我が妻である瀬那に牙を剝《む》く害獣が入ってきたようだが？」

「害獣⁉　それは危険ですね！」

丹川須賀子はキョトンとした様子で、夫に言葉を返している。

様子が普通ではないことに、気づいていないようだ。

「に、逃げて……」

私のか細い声は、彼女に届かない。

ハキハキとした大きな声で、夫に事情を語っていた。

「ああ、害獣というのは、奥様に取り憑いた、九尾の白狐かもしれません！　でもご安心を、私がこれから完全に祓いますので」

そんな話をしているうちに、ぽた、ぽたと大粒の雨が降ってきた。

「ああ、急がないといけないですね」

丹川須賀子が柄杓で神酒を掬った瞬間、夫が猛烈に駆けてくる。

柄杓は真っ二つとなり、手桶は両断されて中に満たされていた神酒はすべて零《こぼ》れてしまった。

一閃《いっせん》、刀を横に薙《な》いだ。

そこに、突然の大雨が降り注ぐ。

「な、何をするのですか！　これは、邪悪な狐を祓う大事な神酒でしたのに！」

「何を、祓うだと？」

「狐です！　巨大な、九尾の白狐ですよ!!」

「それは、このような姿をしているのか？」

夫の姿が、ゆらりと霞む。パチパチと瞬きをする間に、姿が変わった。

「あ……ああ……な、なんてことを……!!」

目の前にいた夫の姿はなくなり、白い毛並みを持つ、九尾の狐の姿が現れる。

普通の狐の大きさではない。荷車を曳《ひ》いていた牛よりも大きかった。

九本の尾が、ゆらゆらと揺れていた。

神聖な白い毛並みを持っているのに、周囲には黒い靄《もや》を纏っている。

あれは、邪気だろう。

大量の邪気を纏う夫は、怒りを露わにした。

『我が妻、瀬那を害した罪を、償ってもらうぞ！』

「きゃあああ!!」

どこからともなく呪符が舞い上がり、丹川須賀子へと襲いかかる。

呪符が身体に張り付いた彼女は、断末魔《だんまつま》のような悲鳴をあげ、倒れてしまった。

ガタガタと痙攣《けいれん》し、そのまま意識を失う。

『殺してやる……！　瀬那を傷付ける者は、絶対に、赦《ゆる》さない……！』

「や、止めてください、旦那様《だんなさま》！」

最後の力を振り絞《しぼ》って叫んだ。

私の声に反応し、夫はハッと我に返ったように思えた。

「旦那様……」

『見るな!!』

「え？」

『私を、見ないでくれ!!』

そう言って、夫は走り去ってしまう。

「うっ……！」

追いかけようとしたが、身体が思うように動かない。

かけられた神酒が、私を蝕《むしば》んでいるのだろう。

虫明や伊万里も、膝をついてぐったりしている。早く、助けてあげないといけないのに。

瞼《まぶた》が、だんだん重たくなる。

このように雨に打たれる状態で、気を失ったら大変なことになるのに。

もう、ダメかもしれない。

弱気になった瞬間、八咫烏の鳴き声が聞こえた。

「カー、カー、カー」

八咫烏が旋回すると雨曇が空を流れ、雲間から太陽が顔を覗《のぞ》かせる。

下りてきた八咫烏が身を寄せると、神酒によって蝕まれた身体が癒《い》えていく。

「あ……!」

起き上がり、八咫烏に感謝の気持ちを伝えた。

嘴《くちばし》に何か咥《くわ》えていたようだ。私に差し出してくれる。それは天狗《てんぐ》の兄弟から貰《もら》った、羽団扇《はうちわ》だった。

たしか、邪を祓《はら》う効果があるという。

これがあれば、夫が纏っていた邪気を祓えるだろう。

「八咫烏、ありがとう」

返事をするように、八咫烏は「カー！」と鳴いた。それから、虫明や伊万里のほうへ飛んで、影に刺さった短刀を抜いている。

彼らのことは、八咫烏に任せよう。

私は、走り去っていった夫を追いかけなければ。

邪気の気配を辿《たど》り、追いかけていく。

天狗の羽団扇を握りしめ、祁答院家の敷地内を抜けていった。

それにしても驚いた。まさか、夫が九尾の狐だったなんて。

呪いとは、聞くまでもなく九尾の狐に変化することなのだろう。

歴代の祁答院家に嫁《とつ》いだ女性は、夫の本性を見て驚いて逃げてしまったのかもしれない。

夫は――いた。

天狐たちに囲まれ、威嚇《いかく》している。

先ほどよりも、邪気が増しているようだった。

天狐たちは私に気づくと、後退していく。

夫は私に気づくと、牙を剝き出しにして叫んだ。

『私に、近づくな!!　引け!!』

今ならば間に合う、と地を這《は》うような声で吐き捨てる。夫が怒りを露わにするにつれて、雨が強くなり、雷が轟《とどろ》いた。

危険だから家に帰るように、と伝えたいのだろう。

「旦那様、お屋敷に戻りましょう」

『瀬那……なぜ、そのように落ち着いている⁉ 私が、恐ろしくないのか？』

「恐ろしくありません。なぜならば――」

私は変化を解き、妖狐の姿となった。蓮水家の者たちは、漆黒《しっこく》の狐の姿をしている。私も例外ではない。

四本の脚で、大地に下りたつ。久しぶりに、狐の姿になった。

夫は妖狐の姿となった私を見て、目を見開いていた。

『瀬那……そなたも、あやかしだったのか？』

『はい、この通り、私も狐のあやかしなのです。お気づきでは、なかったのですか？』

『知らなかった』

どうやら蓮水家直伝の化けの技術は、陰陽師だけでなく妖狐の始祖《しそ》たる九尾《きゅうび》の狐をも騙《だま》していたようだ。

『そうか。そうだったのか……。しかし、私はこの通り、邪気にまみれてしまった。もう、人間の姿に戻るのは、難しいだろう』

『大丈夫です。なぜならば――』

私は地面に落ちていた天狗の羽団扇を咥え、上下に振る。すると、温かな風が舞い上がった。あっという間に、夫の邪気はすべて、吹き飛んでしまった。

もう、これで心配はいらない。大丈夫だろう。

『旦那様』

『瀬那！』

私は妖狐の姿のまま、夫の胸に飛び込む。

ふかふか、もふもふの身体が受け止めてくれた。

『瀬那、これまで黙っていて、本当にすまなかった』

『それはおあいこです。私も、妖狐でしたから』

『そう、だな。そうだった……』

夫の瞳から涙が溢《あふ》れてくる。ぽた、ぽたと流れていった。

ずっと秘密をひとりで抱えて、辛《つら》かっただろう。言いたいけれど言えないという気持ちは、痛いほどわかる。

『瀬那、このような私だが、これから先も、傍にいてくれるだろうか？』

『もちろんです』

これまで隠してきた想いを打ち明ける。

『旦那様、心からお慕い申し上げております』

『私もだ。瀬那、愛している』

温かな光に包まれる。

あやかしたちが、山に棲《す》む神々が、私たちを祝福してくれたような気がした。

◇◇◇

そんなわけで、無事に事件は解決した。

丹川須賀子は私たちに関する記憶を失い、なぜ祁答院家の庭で倒れていたのかわからないと入院先の病院で話していたらしい。

虫明や伊万里はなんともなく、今日も元気よく働いている。

私と夫には平穏が訪れ——月を見上げながらお団子を食べるという、少し遅いお月見を楽しんでいた。

「それにしても、すっかり騙された。まさか、瀬那が妖狐だったなんて」

「本当に、申し訳ありません」

「謝るな。ずっと黙っていて、心苦しかっただろう？」

「まあ、そう、ですね」

夫は妖狐だと隠していた私を許してくれた。それだけではなく、これから先も妻でいることを望んでくれる。これ以上、嬉しいことはないだろう。

「そもそも、蓮水家に結婚を申し込んだきっかけが、妖狐関連だったのだ」

なんでも、御上が個人で行った占いで、蓮水家が妖狐であると出たらしい。

しかしながら、どの陰陽師が調査しても、蓮水家の者たちが妖狐だという証拠を掴《つか》めなかったのだ。

「私はそなたを知っていた。あの善き娘が妖狐であるはずがない。それを証明するために、結婚すると御上に宣言したのだ」

「そうだったのですね」

御上の占いは正確だったようだ。申し訳ないと、頭を下げる。

「まあ、結婚も、ただの知り合いの娘程度ではしなかっただろう。瀬那だから、私は結婚してでも妖狐でないと証明したかったのだ」

「はい、ありがとうございます」

夫の言葉のひとつひとつに、胸がいっぱいになる。喜びで、満たされていった。

「瀬那も、驚いただろう？」

「ええ」

なんでも祁答院家のご当主は、代々九尾の狐の呪いを引き継ぐという。

「祁答院家の跡取りは、狐の姿で生まれてくるのだ」

なんでも狐を産んだ祁答院家の花嫁は、大きな衝撃に襲われ、正気を保てずに逃げてしまうらしい。

「この呪われた血を、次代へ引き継ぐべきではないと考えていたのだ」

私は夫の手に、指先を添える。

「妖狐の一族である私は、それを呪いだとは思いません」

九尾の狐は一族を守る力なのだろう。そう言うと、夫は私を抱きしめる。

「瀬那、感謝する」

「はい」

私と夫は愛を誓う。

月明かりの下で、ふたりの影はひとつとなる。想いを封じるように口づけをした。

九尾《きゅうび》の狐と妖狐の夫婦は、これからも上手《うま》くやっていけるだろう。

私はそう、確信していた。

完

※この作品はフィクションです。実在の人物・団体・事件などにはいっさい関係ありません。

集英社オレンジ文庫をお買い上げいただき、ありがとうございます。
ご意見・ご感想をお待ちしております。

●あて先
〒101-8050　東京都千代田区一ツ橋2-5-10
集英社オレンジ文庫編集部 気付
江本マシメサ先生

あやかし華族の妖狐令嬢、陰陽師と政略結婚する

集英社
オレンジ文庫

2022年5月25日　第1刷発行
2023年1月11日　第3刷発行

著　者　江本マシメサ
発行者　今井孝昭
発行所　株式会社集英社
〒101-8050東京都千代田区一ツ橋2-5-10
電話【編集部】03-3230-6352
【読者係】03-3230-6080
【販売部】03-3230-6393（書店専用）
印刷所　凸版印刷株式会社

ISBN 978-4-08-680449-3 C0193